四折 柊
illust.史歩
夫に殺されたはずなのに、
二度目の人生が
はじまりました
Otto ni korosareta hazunanoni,
nidome no jinsei ga
hajimarimasita

カルロ
一途な愛を捧げる
漆黒の髪と瞳を持つ
精悍な騎士
ロゼリア
一度目の人生で不幸な
結末を迎える。
仕事熱心で心優しい
公爵令嬢

ステファノ
社交が得意な美貌の
貴公子と評判の
侯爵子息
ジェンナ
有能な侍女
宝石好きな元子爵令嬢

「っ！」

彼の指が少しだけ唇に触れてドキリとした。

それなのにカルロは平然と笑っている。

「クッキーのかけらが付いていたよ」

「もう、言ってくれれば自分で取ったのに！」

「ははは。食べさせるのって楽しいな」

カルロが肩を揺らして笑っている。随分とご機嫌だ。

クッキーのかけらはカルロが食べてしまった。

何と言ったらいいのか……。

カルロが笑うと漆黒の髪がサラサラと
揺れつい見惚れてしまった。

夫に殺されたはずなのに、二度目の人生がはじまりました

Otto ni korosareta hazunanoni,
nidome no jinsei ga
hajimarimasita

四折 柊　illust.史歩

Contents

第一章　残酷な最後

ロゼリアは名門モンタニーニ公爵家の一人娘だ。この国では女性でも爵位を継げるので、婿を取り公爵邸で一緒に暮らしている。夫となったのはピガット侯爵家次男ステファノ。彼はロゼリアの三歳年上で二十三歳になる。結婚して半年、ロゼリアは愛する人と幸せな日々を過ごしていた。

◇◇◇

その日は曇天で重たげな雲から、今にも雨が降りそうだった。思い返せばまるで何かを予感させるような空だった。

夕方に突然、屋敷に火急の知らせだという男が訪ねて来た。男からの言付けを執事から聞いてロゼリアはその場で崩れ落ちた。

「お父様が……行方不明？」

恐ろしい知らせに全身の血が引いていく。体の中が凍りついたように冷たく感じる。モンタニーニ公爵領から王都に戻るお父様の乗った馬車が、崖から落ちたという。馬が突然暴れ出したそうだ。御者の遺体は発見されたが馬車は大破していてお父様は見つかっていない。聞いているうちに心臓が激しく打ち息苦しくなる。胸を押さえ荒い呼吸を繰り返す。

「ロゼリア。大丈夫か？　きっと義父上《ちちうえ》は大丈夫だ。見つかるよ」

　ステファノが励ますようにロゼリアの肩を抱いた。

「そ、そうよね。きっと無事だわ。お父様を探すためにも、私がしっかりしなくては……」

　最悪の事態を想像すると恐怖でどうにかなりそうだ。それでもお父様が見つかっていないということは、無事である可能性がある。お父様がいない今、一人娘であるロゼリアが、モンタニーニ公爵家当主代理として捜索の手配をしなければならない。そう思い立ち上がろうとしたが、足にまったく力が入らない。するとステファノが抱き上げて部屋に連れて行ってくれた。長ソファーにそっとロゼリアの体を置くと、彼は執事と話をしに行った。この時ほど自分が一人でなかったことがありがたかった。そうでなければ不安と心細さで押し潰されていた。

「ありがとう。ステファノ」

「執事には騎士団に捜索の協力を依頼しに行ってもらった。君はここで知らせを待っていた方がいいだろう。あとのことも私に任せてくれ」

「ええ、お願い」

　彼は青い瞳を柔らかく細め、安心させるように力強くそう言った。ロゼリアの夫は優しくそして頼もしい。彼がいてくれて本当によかった。結果を聞くまでは望みを捨てずにいられる。しばらくすると侍女のジェンナが部屋に入って来た。励ますように優しい表情を浮かべ慣れた手つきでティーカップを置く。

「奥様。お茶を飲んで気持ちを落ち着けて下さいね。ハーブティーですよ」

「ありがとう」

お礼を言うとジェンナは微笑んで頷いた。

ジェンナは疲れている時にロゼリアが愛飲する紅茶を用意してくれた。動揺に震える手で何とかティーカップを取ろうとしたが上手くいかない。その様子にステファノが隣に座り、角砂糖を二個入れかき混ぜると、ティーカップを持たせてくれた。

「甘い方がきっと気持ちが落ち着くよ」

「ありがとう」

普段は砂糖を入れないがせっかくの気遣いに感謝して頷いた。喉がカラカラに渇いていたのでそのまま全部飲み干した。だが嚥下したあとに後味が悪く思わず顔を顰《しか》める。いつもと味が違う。砂糖が入っているのに嫌な苦みがあった。これはいつもの茶葉ではない。いや、紅茶とも砂糖とも違う味が混ざっていたような……。

ジェンナに聞こうとしたが急に体に異変が現れる。胸が強く押されているかのような圧迫感に思わず胸を押さえ蹲《うずくま》る。これは何？　呼吸が上手くできない。焼け付くように喉が熱い。酸素が足りない。苦しい。両手で首を押さえ必死に息を吸おうと口を開けた瞬間、吐き気が湧き起こり咄嗟に両手で口を押さえた。

「ゴホッ、ゴホッ。うっ……」

咳をした途端、口から真っ赤な血を吐き出した。両手が血に染まる。あまりの衝撃に苦しさを一瞬忘れ呆然と両手の赤色を見る。のろのろと顔を上げればニィと口角を上げたステファノと目が合った。それはまるで悪魔が浮かべるような笑みだった。さっきまでは優しかった青い瞳が、今は冷たくロゼリアを見ている。その表情はいつもの穏やかで優しい彼とはほど遠い。

――コノヒトハ、ダレ？　――

「なっ……ゴホッ、ゴホッ……」

どうしてと問いかけようとしたが再び激しい胸の痛みに咳き込み吐血した。ステファノに助けを求めるように、真っ赤に染まった手を伸ばした。無慈悲《むじひ》にも彼はそれを避けて立ち上がる。ロゼリアの腕は虚しく宙を掻いた。

するとと彼の横にジェンナがぴったりと寄り添う。ジェンナは微笑み自らのお腹を愛おし気に撫でている。そのまま二人は幸せそうに見つめ合った。その様子はまるでここが劇場で二人は主演の役者、そしてロゼリアはたった一人の観客のような錯覚を起こす。ただ呆然とそれを見つめる。

ステファノはそんなロゼリアを見下すように嘲笑《あざわら》い言った。

「あとのことは心配いらない。だから安心して死んでくれ。ロゼリアはこのまま義父上のもとに逝くんだ。ああ！　これでこのモンタニーニ公爵家の全てが私のものだ。権力も、お金も、何もかも！」

ステファノは満足気に頷くとロゼリアに向ける視線を一転させた。これ以上になく甘く優しいものになる。それはあまりにも美しい微笑みで、自分が愛されていると錯覚するほどだ。言葉と表情のちぐはぐさが頭を混乱させる。彼は何を言っているの？　恐ろしい内容を心が拒絶する。

こんな現実は受け入れられない……。

　ジェンナが彼の腕を軽く叩きながら小さく口を尖らせ抗議した。彼女のガーネット色の瞳には喜色が浮かんでいる。可愛らしく魅力的な表情を浮かべながら恐ろしい言葉を放つ。

「まあ、ステファノ。あなただけの公爵家じゃないでしょう？　私たち三人のものよ。私が公爵夫人でこの子が跡継ぎ。夢のようね」

「ああ、そうだな」

　彼はジェンナに同意する。

「ど、どう……し……て……」

　驚き絶句するロゼリアにジェンナは物分かりの悪い人間に諭すようにゆっくりと言った。

「ねえ、奥様。あなたにはこの子のためにいなくなってもらわなくては困るのです。ふふふ。大丈夫ですよ。私、きっと立派な公爵夫人になってみせますから」

　ジェンナの首にはロゼリアのダイヤモンドのネックレスがあった。彼女はそれを楽しそうに指で弄ぶ。

　ステファノは、ジェンナは、何を言っているの？　ジェンナのお腹にステファノの子がいる？

　二人はいつから裏切っていたの。

（この毒は致死量だ……。私はこのまま死ぬの？　苦しい。お父様。誰か……た、すけ……て……）

　絶望の中、激しい雨が窓を叩きつける音が聞こえた。それはまるで惨めなロゼリアを嘲笑っているようだ。ロゼリアの視界がモノクロになり次第に闇に包まれる。もう何も見えない。体を動かすこともできない。苦しい。喉を押さえ必死に口を開ける。呼吸をひとつ、ふたつ……。それが最後になった。あっという間に意識が遠のいていく。

「ああ！　やったぞ！　金も地位も全てを手に入れた。これで邪魔者はいなくなった。何もかも上手くいった。あはははは──」

薄れゆく意識の中で悲しいのか悔しいのか、ロゼリアの眦《まなじり》から涙が滑り落ちていく。最後に聞こえたのは下品なほど浮かれているステファノの声だった。

◇◇◇

ロゼリアは勢いよく飛び起きると荒い呼吸を繰り返した。心臓の音が全身に響くようにこだまする。体は汗びっしょりで夜着がべったりと張り付いている。

「私は生きている？　……あれは夢だったの？」

毒を飲まされて意識を失い……死んだはずだ。それなのに生きている。もしかしてあれは悪い夢？　でも生々しすぎてとても夢だとは思えない。それならば誰かが助けてくれたの？　でもあの毒では治療しても助からない。モンタニーニ公爵家は薬草を取り扱っていることから、ロゼリアは薬について幼い頃から学んできた。だから薬や毒の知識を少なからず持っている。あれは解毒できるようなものではなかった。たぶん違法な薬物……。

ドッドッドッと激しく暴れる心臓はなかなか静まらない。はっとして両手を広げる。掌は赤く染まって……いなかった。安堵しその手で顔を覆う。

「やっぱり夢だったのだわ……」

　そうだ。あんなに恐ろしいことが起こるはずがない。部屋を出ればいつものようにステファノが、笑顔でおはようと言ってくれる。この話をすれば悪夢だと笑い飛ばすだろう。そう考えることでようやく落ち着き、部屋を見回す余裕が出てきた。

「？」

　違和感に眉を顰《ひそ》める。この部屋はロゼリアの部屋だ。だけど結婚前の部屋。結婚後は夫婦の寝室を挟んでお互いの部屋がありそこに移った。その時に全ての家具を新調している。もともと使っていた家具はお気に入りで、捨てるには思い入れがあるからととりあえず物置に仕舞った。ロゼリアは部屋を移るにあたり家具を新しくする必要はないと思ったが、お父様がせっかく新婚なのだから一新しなさいと勧めたのだ。もともとステファノは輸入家具が好きで、自分で選びたいと張り切ってしまい、それならばと彼に任せた。今部屋には外国から取り寄せた新しい家具が一つもない。これはどういうことなのか。ふと窓の外を見ればまだ夜が明けきっておらず外は薄暗い。

「あっ！　お父様は⁉」

　混乱のあまりに大切なことを忘れていた。お父様は無事なのか。自分が生きているということは、お父様も無事なはず。その姿を見て確かめたい。ロゼリアはベッドから下りるとそのまま部屋を飛び出した。お父様はいつも朝早くから起きて仕事をしている。だから今頃は朝食を摂るために食堂にいるはずだ。急いで階段を下り食堂の扉を乱暴に開けた。

するとそこにお父様は――いた。

(よかった。無事だった。あれは悪い夢だったのね)

お父様はロゼリアの慌てる姿に目を丸くしながらも立ち上がる。

「こんなに朝早くどうしたんだ？　ロゼリア」

返事をするよりも勢いよくお父様の体に抱き着いた。お父様は驚きつつも受け止め優しく背中をよしよしと撫でてくれた。その手の温かさに安心し、これこそが現実だと実感する。

「怖い夢を見たの」

お父様の胸元にまるで幼子が甘えるように縋《すが》る。こんな風に甘えたのはお母様が生きていた時以来だ。甘えることで恐怖が薄れていく。

「そうか。でも大丈夫だ。お父様がロゼリアを悪夢から守るよ」

「えっ？」

思わずきょとんとお父様を見上げる。ロゼリアを大事だと思ってくれているような言葉にびっくりする。

「何だ？　私はおかしなことを言ったか？」

「でもお父様はお仕事が一番大切で、だから私のことは……」

関心がないのでしょうとは悲しすぎて口には出せなかった。お父様は顔を歪ませると苦しそうな表情を浮かべる。

「違う。私にとって一番大切なのはロゼリアだ。だが、仕事を優先しすぎていた。だからお前にそう思われても当然だ。寂しい思いをさせて悪かった。それにしても、久しぶりに甘えてくれたな」

　反省の言葉とは裏腹に声は嬉しそうだ。確かにロゼリアは甘えないようにしていた。仕事の邪魔をして煩わしいと思われたくなかった。お父様に嫌われたくなかった。

「別にいいの……お父様は国や領民のために、一生懸命働いてくれているのよ。我儘を言って邪魔をしたくなかったの」

「ロゼリアを邪魔に思うことなど絶対にない。私は……領民も守りたいし、仕事にも誇りを持っている。でもこの世にロゼリア以上に大切なものはない」

「……知らなかった」

　呆然と呟くとお父様は抱きしめる腕に力を込め小さく呻いた。

「私は父親失格だ。すまない……。そうだ。今日は無理だが明日は一緒に外出しよう。急だが、いいか？」

「お仕事、本当にいいの？」

　同じ屋敷にいても食事の時間もすれ違い寂しかった。仕事の邪魔をしてしまうことが申し訳なくもあるけれど……お出かけできるならすごく嬉しい。

「もちろんだ。仕事は今日中に片付けておこう」

　その言葉に勢いよく頷いた。いつもなら遠慮してしまうが、悪夢のせいで一緒にいたいと思った。突然会えなくなる日が来ると想像するだけで恐怖に身震いしてしまう。

「嬉しい！」

喜びに思わず声を上げた。

「それに今日はロゼリアの十四歳の誕生日だったな。言うのが遅くなってしまってすまない。おめでとう。ロゼリア」

「えっ？　十四歳の誕生日？」

ロゼリアは眉を寄せた。だって自分はもう成人して、結婚だってしている。それなのに年齢を間違えるなんてお父様はどうかしている。

「そうだよ。自分の誕生日を忘れてしまったのか？　ロゼリアの生まれた日は私にとって宝物を授かった日だ。そうだ。一日遅れになってしまうがプレゼントを買いに行こう。いつもは私が勝手に選んでいたが、今年はロゼリアが欲しい物を教えてくれ。今夜の夕食は豪華にして一緒に摂ろう」

「あ……ありがとう」

戸惑いながらお父様を見上げると目線の位置に違和感がある。意識して見ればお父様の背が高く感じる。いや、自分の背が低くなっている？　お父様はロゼリアの困惑に気付かず、優しい声で部屋に戻るように促す。

「ロゼリア。まだ早い時間だから、もう少し休みなさい」

「ええ……そうするわ」

お父様は明日の外出のために仕事を片付けると張り切っている。ロゼリアは話が噛み合わないことに混乱しながらも一旦部屋に戻った。一体自分の身に何が起こっているのか分からない。

自分の姿を見ようと鏡を覗き込むと、そこには幼い自分の姿が映っていた。エメラルドグリーンの瞳とブラウンの髪はそのままだけれど背が低くなっている。それに頬がふっくらとしている。とても成人しているようには見えない。さっきは動転していて手の大きさまで気が回らなかったが、間違いなく小さい。確かめるためにカレンダーを見れば、それは六年前のものだった。

「そんな、まさか……。もしかして私、時間を戻ったの？　それも六年も前に？」

考えつくとしたら殺された瞬間に時間を遡《さかのぼ》り、生き返ったということくらい。でもそんな奇跡が本当に起こるのか。頭の中は混乱を極めた。もう一度眠るなんてできそうもないので、ワンピースに着替えソファーに座る。

（ああ、でもお父様は私の誕生日をちゃんと覚えていてくれた。嬉しい！　いつもプレゼントはもらっていたけれど、きっと執事が気を遣って手配してくれていたのだと思っていた。でもお父様自身が選んでくれていた！）

プレゼントは可愛い縫いぐるみや植物図鑑、ある年はリアルな渋い形のフクロウの置物もあって「なぜ？」と困惑した。

「ふふふ。変な物の方が多かったかも」

その品々を思い出しくすりと笑った。

自分たち親子はさっきみたいに話をする仲ではなかった。お父様はお母様が亡くなってから取りつかれたように仕事ばかり。でも、さっきはロゼリアのことを一番大切だと、そう言ってくれた。胸の真ん中がほんわか温かくなる。

でも喜んでいる場合ではない。それよりも考えなくては……。目を閉じて思い返してみる。やはりあの鮮明すぎる記憶が夢だとはどうしても思えない。毒の苦しみもステファノに裏切られた絶望も、生々しく思い出せる。首を掻きむしり助けを求めた手を拒まれたのだ。あれは間違いなく実際にあった現実だ。夢なんかじゃない！　恐ろしさでぶるりと体を震わせた。

「………私は夫に殺された」

声に出すとその恐ろしさを実感する。理由は分からないが時間が遡り生き返ったようだ。それも六年も前に。

とにかくもう一度生きるチャンスをもらったのだ。それならば今回の人生では、絶対にステファノに殺されたりしない。お父様だって守ってみせる。ロゼリアには前回の記憶があるのだから、きっと運命を変えられる。そして幸せになるんだ！　そう心に誓った。


ロゼリアはモンタニーニ公爵家の一人娘として、幼い頃から家を守るということを意識していた。我が家は大切な仕事を行っているからだ。

モンタニーニ公爵家では多種にわたる薬草を育てている。それを調剤し販売するまでの全てを一手に担う。公爵家直営の薬屋が国内に何店舗もあるが、王都にある店が一番大きい。領地には薬師専門の教育機関もある。

もともとはそこまで大規模ではなかったが、お母様が亡くなったことが契機となりお父様は事業を拡大した。お母様は流行り病で呆気なく亡くなってしまった。お母様を深く愛していたお父様はそれ以降仕事に没頭した。薬を扱っているのにお母様を助けられなかったことを悔やんでいたからだ。

より多くの人を助けられるようにと公爵家直営の薬屋では、平民でも手に入れることができる価格で薬を販売している。さすがに希少で高価な薬は店頭には出していない。置いてあるのは一般的な風邪や腹痛の薬だ。品質は貴族向けに販売している物と遜色ない。誰でも薬で病気を治す権利があるとの考えからだ。お金がない人には物を対価にして売っている。たとえば幼い子供が母親の風邪薬を欲しいと言えば、道で摘んだ花と交換で渡すこともある。それでも赤字にならないのは大量生産できている上に、裕福な貴族のお抱え医師には薬の在庫を常時確保する代わりに、契約料を取り薬の値段も高くしてある。取れるところから取る、貧しい者からは取らない。そして戦場に行く騎士団には優先して薬を回した。それがお父様のやり方だ。

一回目の人生では十九歳の時にステファノと出会い婚約し、二十歳で結婚した。そして結婚から半年後、彼の手で毒殺された。

ロゼリアが初めてステファノに会ったのは、王都の直営店に薬の納品をしたその帰りだった。

馬車が脱輪してしまい代わりの馬車の手配をしたが、しばらく時間がかかると御者に言われた。仕方なく時間を潰すために近くのカフェに入った。そろそろかと店を出たところでそれは起こった。ロゼリアは突然背後から腕を掴まれ引っ張られた。そして口をふさがれ狭い路地へと引きずられる。あっという間の出来事で抵抗はできなかった。何が起こったのかすぐに理解できず、気付いた時には行き止まりの路地に突き飛ばされていた。

「さすが貴族のお嬢さんはお綺麗だな」

声の方を見上げると薄汚い格好をした男が三人立っていた。破落戸《ごろつき》のようだ。薄ら笑いでこちらを見ている。値踏みするような視線に恐怖が込み上げ、ガタガタと体を震わせた。突然のことに動揺して悲鳴も上げられなかった。

(怖い。どうしよう。どうすれば……)

そうだ。お金さえ渡せば解放されるかもしれない。じきに御者だって探しに来るはずだ。

「あ、あなたたちは誰？　何が目的なの？　お金？」

逃れたい一心で問いかけた。

「物分かりがいいな。もちろん金だ。だけどそれだけじゃあ、つまらねえな」

不快な視線と含みを持たせるような言葉に青ざめる。

「そ、そんな……」

何とかして逃げないと。でも足が震えて力が入らず立ち上がれない。

その時――。

「おい！　何をしている」

「チッ。見つかったか。ずらかるぞ‼」

誰かが気付いてくれた。男たちは走って逃げていく。どうやら助かったみたいだ。

「大丈夫ですか？」

足早にこちらに来たのは男性だった。彼はしゃがむとロゼリアの顔を覗き込んだ。

「モンタニーニ公爵令嬢でしたか。もう大丈夫ですよ」

ロゼリアを知っている人のようだ。その人の顔を見てはっと息を呑んだ。安心させるように微笑んで、手を差し出してくれたのはピガット侯爵子息。青い瞳にアイスブルーの髪を持った社交界で美貌の貴公子と名を馳せている人、それがステファノだった。

私は震える手で彼の手を掴んだが、上手く立ち上がることができない。彼は「失礼するよ」と声をかけ抱き上げて運んでくれた。ロゼリアは恥ずかしくて俯いた。きっと真っ赤になっていただろう。

「近くに我が家の馬車があります。送っていきましょう」

「あ、ありがとうございます」

自分の家の馬車や御者のことは忘れてしまっていた。ピガット侯爵家の馬車に乗ると、もう大丈夫だと安心できた。すると気が緩んだようで、無様にも涙がこぼれてしゃくりあげてしまう。

ステファノは優しく「もう大丈夫」と繰り返し慰めてくれた。屋敷に着く頃には何とか涙が止まった。彼の手を借り馬車を降りると頭を下げた。

「今日はありがとうございました。本当に助かりました。何かお礼をさせて下さい」

「通りがかったのは偶然ですし、お礼が欲しくて助けたわけじゃないので気にしないで下さい」

ステファノは美しく親切でその上謙虚な人だ。なおさらお礼がしたい。

「ですが、それでは私の気が済みません」

「それならば今度王都にできたパーラーに一緒に行ってくれませんか？　男のくせに甘いものが好きなんです。でも一人で入る勇気がなくて」

彼は気まずそうにしながらもはにかんだ。

「そんなことでいいのですか？」

紳士的な態度に好感を抱いていたのに、はにかむ笑顔に胸がときめいてしまった。きっとあの時彼に恋をしたのだ。

翌日手紙を出し予定を決めた。約束の日はステファノが屋敷まで迎えに来てくれた。スマートに手を差し出されエスコートをされる。お父様以外の男性にエスコートをされたことがないので恥ずかしい。けれど嬉しくてドキドキしながら手を重ねた。お礼のために出かけるのにまるでデートだ。緊張してしまう。

ロゼリアは男性との会話に慣れていない。パーラーでも何を話せばいいのか分からず俯いた。するとステファノは色々な話題で楽しませてくれた。彼は話し上手だ。だけど楽しい時間はあっという間に終わる。名残惜しいと思いながら、屋敷まで送ってもらった。彼ともっと一緒にいたい。でも自分なんかが誘っては迷惑に違いない。断られることを考えると、とても声をかける勇気はなかった。ところが別れ際にステファノから切り出してくれた。

「また、ロゼリア嬢を誘ってもいいですか？」

その言葉に彼も一緒に過ごした時間を楽しいと感じてくれたのかもしれない。天にも昇る気持ちだった。

「はい。ぜひ……嬉しいです」

それから何回かデートを重ね、二か月後には婚約を申し込まれた。ロゼリアは自分に訪れた幸運に感謝しながら、顔を真っ赤にしてコクンと頷いた。

ステファノは社交界ですごく人気だ。彼に好意を寄せる令嬢はたくさんいる。その彼が自分を選んでくれた。こんな素敵な人に地味な自分が求婚されるなんて、本来ならありえない。ロゼリアは有頂天になっていた。

領地から王都に戻って来たお父様にすぐに報告をした。自分で婚約者を見つけてお父様の手を煩わせずに済んだことで、喜んでもらえると思っていた。ステファノのような素敵な人を射止めたのだ。ところが話を聞くなりお父様は苦虫を噛み潰したような顔をした。不機嫌を露わに考え直すように言われた。絶対に賛成してもらえると思っていたので、とてもショックだった。

ロゼリアは初めてお父様に反抗した。

「どうしてですか？　ピガット侯爵家なら家格も問題ありませんし、彼は私の苦手な社交をフォローしてくれます。我が家にとって不利益にならないでしょう？」

「家の利益を考えて反対しているわけではない。あんな男ではお前が幸せになれるとは思えないから反対しているのだ」

お父様はステファノに会ったことはない。何も知らないのに。一方的な言葉にカッとなった。

「あんな男って……。それに私の幸せ？　お父様はいつも側にいてくれないのに、私の幸せが分かるの？　本当は私のことが嫌いだから反対するのでしょう？」

お母様が生きている時のお父様は、ロゼリアを「大切なお姫様」だと言ってくれていた。でもお母様が亡くなってからは、ロゼリアの存在を忘れてしまったかのように仕事に打ち込んでいた。食事を一緒に摂ることも外出することもなくなった。それどころか同じ屋敷にいても顔も合わせないし会話もない。ロゼリアが王都の学院に通う頃には、薬草の栽培に力を入れていて一年の四分の三は領地にいた。王都にいるロゼリアのことは執事に任せきりだった。ただ、誕生日にプレゼントとメッセージカードが届くだけ。プレゼントよりも直接顔を見ておめでとうと言って欲しかった。

それでもお父様の全ての人に薬を届けたいという考えは、素晴らしいことだからと自分に言い聞かせ、我儘を言わず寂しさに耐えた。たまに会う時くらいは誉めて欲しくて、勉強を頑張り領地の仕事も学んだ。お父様が王都に来た時に報告すると、「そうか」としか言ってもらえなくて落胆した。何をしても喜んでもらえない。それでも結婚相手が見つかったのなら喜んでもらえると思った。それなのに……。今まで我慢していた気持ちをぶつけてしまった。驚愕し悲しそうな顔のお父様にズキンと胸が痛む。

寂しいだけの孤独な日々の中、ステファノと出会った。彼は危ないところを助けてくれた恩人。そしてロゼリアの話を笑顔で聞いてくれる人。ロゼリアの心は彼に救われた。今はもうステファノ以外の人とは結婚したくない。ロゼリアは翌日から部屋に閉じこもり食事を摂らなくなった。こんなこと、物分かりの悪い駄々っ子のようだ。それでもこれだけは譲れない。ロゼリアの強硬な態度にお父様はしぶしぶ許してくれた。そして約一年の婚約期間を経てステファノと結婚した。

婚約期間中も彼はまめまめしく外出に誘ってくれた。植物園に美術館にショッピング、諦めていた普通の女の子の幸せを経験していることに感動した。

ただ最初に二人揃って出席する夜会は酷く緊張した。ロゼリアはしばらく前からお茶会にも夜会にも出席していなかったからだ。久しぶりだからというよりも、ロゼリアには悪い噂があったことで避けていた。その噂とは「使用人に辛く当たる」「薬で儲けたお金で散財している」「男性を侍らせて遊び歩いている」などだ。一つも心当たりがないのに、社交場に出るとヒソヒソと聞こえるように囁かれる。ロゼリアは怖くなって人の多い場所に行けなくなった。知らない内に誰かから恨みを買ってしまったのか。でもやっかまれるほどお金を使っていないし、男性の友人もいない。使用人とは良好な関係だ。

出所の分からない悪意ほど恐ろしいものはない。理由が分からないので犯人の見当もつかない。火消しができないのだ。公爵家の仕事に早くから携わり、同世代の令嬢たちとの交流がなかったので親しい友人もなく誰にも相談できない。領地にいるお父様には失望されたくなくて言えなかった。

このことはステファノにも打ち明けていない。陰口を言われる女だと軽蔑されたくなかった。もしかすると彼は交友関係が広く社交に長けているので、知っているかもしれない。でも何も言われなかった。夜会に出て彼がそれを耳にした時どう思うのか、どんな態度になるのか内心ビクビクしていた。ところがそれは杞憂に終わった。夜会では令嬢たちから嫉妬で睨まれることはあったが、それ以外は問題なくステファノが庇うように寄り添ってくれた。もしかしたら彼が何も言わずに手を回して守ってくれたのかもしれない。ロゼリアは彼と出会ったことで明るい未来を期待した。

そして無事に結婚式を挙げ、毎日が幸せで満たされていた。

（――でも、本当にそうだったのだろうか？）

結婚してから知ったが、ステファノはお金遣いが荒い。高級家具や著名な絵画などを欲しがる。美しいものを愛し手に入れることを喜びとしていた。身に纏《まと》う服も贅を凝らし、自分を最大限に美しく見せるように気を遣う。それは貴族として当然だが彼は過剰に思えた。当然日常的にお金がかかる。お父様は領地運営に専念し、王都での仕事や予算管理はロゼリアが任されていた。屋敷の維持費や使用人の給料などとは別に、私たちの自由になる分の金額は毎月決められている。お父様の許可なく大きなお金は動かせない。

「ステファノ。今月はもう予算がないわ。先日画廊で頼んだ絵画はキャンセルして欲しいの」

「ロゼリア。君はいずれこのモンタニーニ公爵家を継ぐのに、お金がないから買うのをやめるなんてみっともないとは思わないのかい？」

ステファノは青い瞳を眇めると不満を露わにした。ロゼリア個人としては愛する人の望みは叶えてあげたい。でも公爵家を守る責務があり、それが最優先だ。たとえステファノに何を言われても譲れない。

「領民から得たお金を、私たちの贅沢や見栄だけのために使いすぎるわけにはいかないわ。分かって欲しいの」

ステファノが一瞬目を吊り上げたが、すぐに柔らかく微笑む。

「そうだね。確かにロゼリアの言う通りだ。画廊にはキャンセルを伝えておくよ」

「ありがとう」

ホッとした。ステファノは話せばちゃんと納得してくれる。密かにロゼリアは自分の買い物を控え彼の予算に回していたが、それでも今月は足らなかった。お金を湯水のように使っては、モンタニーニ公爵家といえどもいつかは困窮してしまう。品位を維持するのは大事だが、彼の要求には困惑していた。

それでも一つずつ説明をして理解してもらえていると信じていた。だから部屋を出る時にうしろから舌打ちが聞こえたが、気のせいだと自分にいいきかせた。

それ以外にも気になることがあった。友人たちと会うといっては帰りが遅い。深夜を回ることが度々あった。結婚前からの友人関係に口を出せない。男同士の付き合いだ、公爵家のためになる社交だと言われればなおのこと。浮気を疑ったが女性の影は感じなかった。ただ友人を屋敷に招くことも、紹介してくれることもなくそれが不安を増長させた。

彼の不審な言動にきちんと向き合っていたら、お父様を巻き込んで死なせてしまうこともなかったはずなのに、自分の臆病さと浅慮を呪いたい。

一つずつ不安や不満が生まれてくるも、この幸せを失いたくなくて目を逸らした。問題から目を背け続けたロゼリアの幸せは、儚い薄氷の上にあったのだ。

◇◇◇

ジェンナが我が家で働くようになったのは、ステファノと出会う二か月前からだった。

ロゼリアの専属侍女スザナが結婚すると辞職を願い出た。ロゼリアより五歳年上のスザナはいい出会いがないから、このままロゼリアの侍女を生涯続けると言っていた。結婚するしないはともかく、ずっといてくれると勝手に思い込んでいたので、思わず引き留めてしまった。

「スザナ。このまま侍女の仕事は続けられないのかしら？」

「申し訳ございません。彼の仕事で王都を離れることになりまして。できることならこのままお嬢様にお仕えして、いずれは乳母になりたかったのですが……」

ロゼリアにとってもそれは素敵な未来だった。スザナの悲しそうな表情にこれ以上何も言えない。それにおめでたいことに水を差すようで我儘を言うのは申し訳なかった。ロゼリアはスザナを姉のように思っていた。お父様にも言えないことをスザナになら相談できた。信頼できる人が側からいなくなってしまうことは悲しい。でもずっと献身的に仕えてくれたスザナには誰よりも幸せになって欲しい。彼女に心配をかけたくなくて無理矢理笑みを作った。

「その気持ちだけで嬉しいわ。ありがとう。スザナ、幸せになってね。王都に来た時は会いに来てくれるのでしょう？」

「もちろんです！」

すぐにスザナの代わりの侍女を募集した。彼女以上の人は無理でも信頼できる人が欲しい。複数人の応募者の中から身元の確かな者と、紹介状と経歴書を慎重に確認してジェンナに決めた。

ジェンナはロゼリアより三歳上だ。もとは子爵令嬢だったが子供の頃に没落して平民となった。伝手を頼って貴族の家で侍女として七年以上働いている。その実績にも期待した。以前の勤め先を辞めた理由は「仕えていたお嬢様が結婚され家を出られたからです。それにこちらのお屋敷の方がお給料や条件が良かったのです」とのことで問題はない。その率直な物言いにも好感を持った。もちろん以前の勤め先にも連絡をして確認済だ。

ジェンナは考えていた以上に有能だった。仕事はできるし明るくて気が利く。そしてお洒落好きなので流行にも詳しい。ロゼリアがステファノと出かけるための服を選ぶのも、髪型を決めるのも、彼女にアドバイスをしてもらった。ロゼリアは自分に自信がなく新しいドレスや髪型に挑戦しなかった。きっと野暮ったいと思われていただろう。

ジェンナは半ば強引にロゼリアの髪型を変えてしまう。それも最新の流行のものでロゼリアは青ざめた。自分には似合わなくてきっと笑われるに違いないと思った。でもジェンナはそれに合わせた化粧を施し、ドレスも似合っている物を用意した。結果的にステファノには誉められたし、自分でも悪くないと感じた。それ以降、少し華やかに着飾ってもいいかもしれないと思い、都度ジェンナに相談した。

「お嬢様。このドレスの方がお似合いですよ。ドレスに合わせるならこのダイヤのネックレスにしましょう」

特に宝石類のアクセサリーを熱心に勧めてくる。大きな石の派手な物が多い。ロゼリアは大きさよりもデザインを重視したかった。

「確かに綺麗だけど、この宝石は私よりも顔立ちのはっきりしているジェンナの方が似合うわ」

ジェンナは嬉しそうな顔をしたが、すぐにそれを誤魔化すように視線を逸らした。

「そんなことありませんわ。お嬢様によくお似合いです」

結局、ジェンナの押しの強さで彼女の勧める物を購入していた。宝石にあまり執着していなかったこともあり、素敵な品物ではあったので一応納得していた。これは単純に好みの違いなのだ。

ただ公爵令嬢が身に着ける物としては素晴らしいと感じた。婚約後も夜会に出席するための準備などはジェンナが率先して整えてくれた。

「完璧です。お綺麗ですよ」

ジェンナは満足そうに頷く。彼女はあか抜けなかったロゼリアを美しく磨いてくれた。自分でも上手く流行を取り入れていると思った。彼女の仕事はいつも完璧だ。それはステファノと結婚してからも変わらなかった。彼女がロゼリアに嫉妬や嫌がらせをすることはなかったので、ジェンナに裏切られていることなど想像もしなかった。

思い返せばジェンナは仕事中に宝石を磨きながら、自分の耳や首によく当てては嬉しそうにしていた。年頃の女性が宝飾品に興味を抱くのは当たり前のことなので、咎める必要もないと思っていた。きっとあの頃からこれが全て自分の物になると思っていたのだろう。だからロゼリアより自分に似合う物を勧めていたのだ。ステファノと愛し合っていたのなら、ジェンナは一体どんな気持ちでロゼリアに仕えていたのだろうか。馬鹿な女だと心の中で嘲笑っていたのかもしれない。

　あの出来事を思い出した時に感じるのは恐怖だ。彼らがいつからあの計画を企てていたのか、今となっては知るすべはない。ロゼリアにとってあの出来事は恨みや怒りを感じるよりも、ただただ、悲しく恐ろしかった。

第二章　二度目の人生がはじまる

理由は分からないが、ロゼリアは殺されたはずなのにもう一度生き直すチャンスを得た。

せっかく始まった二度目の人生を大切に生きていきたい。もちろんステファノやジェンナには用心して対策を立てるが、それだけじゃつまらない。今度は素敵な未来を掴み幸せになる。

まずはお父様とお母様が生きていた頃のように仲良く過ごしたい。誤解も解けてしかも十四歳に戻ったのだから、年相応にお父様に甘えてしまおうと決めた。我慢するなんてもったいない！

翌日、お父様は一緒に外出をするという約束を守ってくれた。しかもプレゼントを買うだけでなくランチもしようと手配を済ませていた。

ロゼリアは朝からウキウキと準備をする。

「スザナ。髪をポニーテールにしてくれる？」

「分かりました。でも珍しいですね？　リボンはどうしますか？」

「せっかく久しぶりのお父様とのお出かけだから、可愛くしたくて。着けるのは白いレースのリボンがいいわ。ポニーテールは小さい頃に、お母様がよく結んでくれたのよ。私がお姫様になれる髪型なの」

お母様はロゼリアの髪はお父様そっくりで綺麗だと言っていつも丁寧に梳いてくれていた。

「そうだったのですね」

スザナは優しく微笑むと手際よく結びリボンを着けてくれた。

（お父様は覚えているかしら？　三人でお出かけする時は必ずこの髪型にしていたことを）

十四歳の頃のお気に入りの小花のワンピースを、懐かしいと思いながら着替えて玄関に向かう。すでにお父様は待っていた。本当にお出かけができるのだと実感する。お父様は笑みを浮かべるとそっと手を差し出した。まるで淑女にエスコートをするように。少し照れくさくてでも嬉しくて頬が緩む。

「ロゼリア、可愛いよ。その髪型も懐かしいな」

「まあ！　お父様。覚えていてくれたのですか？」

お父様は当然だと頷いた。

「もちろんだ。アレッシアがロゼリアに一番似合うと言っていたな」

「嬉しい……」

「では行こうか」

「はい」

お父様との距離が一気に近くなった気がした。ロゼリアは幸せな気持ちで馬車に乗り込んだ。

そして着いたのは、かなり古い建物のレストランだった。すぐに個室に通される。室内はシンプルな内装で古びていても清潔で心地よい。テーブルには白いマーガレットの花が一輪飾られている。素朴さと可愛らしさに優しい気持ちになる。席に着くとランチのコースが給仕される。

「ここにはよく来るのですか？」

「いや、久しぶりだ。ここは……私がアレッシアにプロポーズをした場所だ。いつかロゼリアを連れて来たいと思っていたが、思い出が強くてなかなか来ることができなかった」

「まあ、お母様に結婚を申し込んだ場所なのね！」

ロゼリアがはしゃぐとお父様は懐かしそうに目を細め頷いた。

「ああ、この部屋でロゼリアの座っているところにお前のお母さんが座っていたんだ。あれは人生で一番緊張した瞬間だった。私はアレッシアを失った悲しみに随分と長い間囚われていた。ロゼリアだって辛かったのに、寂しい思いをさせて悪かった。私はアレッシアにロゼリアを守ると約束していたのに……。もちろんそれを忘れていたわけではないが、疎かにしていたことにやっと気付けた。これからはロゼリアを大切にするよ。できるだけ一緒に過ごそう」

「お父様……」

申し訳なさそうな顔だった。でもその言葉は素直に嬉しかった。ロゼリアのこともちゃんと思ってくれていた。できることなら一回目の人生の自分にも教えてあげたい。

気を取り直して食事を進める。料理に派手さはないがどこか懐かしい味で美味しかった。お父様とお母様の思い出話を聞きながら、幸せな時間を過ごした。そのあとはジュエリーショップに寄ることになった。

「ロゼリアもすっかりレディだ。アクセサリーにしよう。もう縫いぐるみでは物足りないだろう？」

揶揄《からか》うお父様の言葉にロゼリアは生真面目に首を横に振った。

「お父様が下さるならどんな物だって宝物よ」

お父様が自分のために選んでくれるのなら、縫いぐるみだって嬉しいに決まっている。

「そうか」

口元を緩めながらお父様は、いくつものネックレスを店員に出すよう指示をした。

「ロゼリアは瞳と同じ色のエメラルドが似合うな」

キラキラしい宝石に尻込みしそうだ。ロゼリアは薬草や経営の勉強ばかりをしていてお洒落に疎い。こんなに煌びやかなネックレスが自分に似合うのかと不安になる。特に好みがなかったのでお父様の見立てに任せることにした。選んでくれたのは花をモチーフにしたデザインで中央には美しいエメラルドグリーンの宝石が嵌っている物だ。

「ええ。お嬢様にとてもお似合いです」

リップサービスだと分かっていても、女性店員の言葉に背中を押され決めた。何よりも可愛くて気に入った。

「お父様、ありがとう。大切にします」

包んでもらったジュエリーケースを胸に抱え、満面の笑みでお礼を言った。お父様は優しく頷いた。時間を戻れてよかった。このネックレスは時間を戻ることで手に入れた宝物だ。大切にしよう。

「ロゼリア。私に何かして欲しいことはないか？」

「お父様。急にどうしたの？」

突然の言葉に首を傾げる。お父様のブラウンの瞳には哀し気な色が浮かんでいる。

「いや、今まで一緒に過ごせなかった時間を取り戻そうと思ってな。それに昨夜、アレッシアが夢に出て来てロゼリアは笑っているかと聞かれたよ。私は咄嗟に答えられなかった……。情けない父親だ」

「お母様が夢に？」

それを少し羨ましく思った。ロゼリアだって夢でいいからお母様に会いたかった。

「でもそれならお食事は毎日一緒に摂りたいわ」

「それだけか？」

「ええ。駄目ですか？」

調子に乗ってしまったのかもしれない。毎日ではなく一週間に一回くらいでお願いすればよかったかも。お父様は眉を下げた。

「ロゼリアは欲がないな。では早速今日から一緒に摂ろう」

「わあ。嬉しい」

言ってみてよかった。きっと食事が楽しくなる！

「それと……ロゼリア。このあと薬屋に寄ってもいいか？　在庫の確認をしておきたいのだ」

お父様の遠慮がちな言葉に即答する。

「もちろんよ」

少し申し訳なさそうな顔にくすりと笑った。やはりお父様はお仕事が気になって仕方がないらしい。そんなお父様が誇らしい。どうせ寄るならばと従業員に差し入れるためのパンや焼き菓子をたくさん買ってから店に向かう。

「お疲れ様」

「これは公爵様。お嬢様もご一緒でしたか！」

「こんにちは」

店長は接客中だ。お客様は五歳くらいの小さな女の子で、その手には小さな巾着袋を持っている。その子はロゼリアを見るとペコリと頭を下げた。ロゼリアは屈んで目線を合わせ問いかけた。

「こんにちは。今日は何のお薬が必要なのかしら？」

「あのね。わたしじゃないの。おかあさんがね。おねつがあるの。だからこれでおくすりをください」

女の子が差し出した袋を受け取り中を覗くと、木苺の実がたくさん入っていた。きっと薬代にするために、小さな手で一生懸命摘んできたのだろう。まだ幼い女の子がお母さんを思う気持ちに胸が締め付けられる。

「えらいわね！　すぐにお薬を用意するから待っていてね。そうだ、あなたのお名前は？」

「リリーよ」

ロゼリアは店長に頷くと奥にいる店員に声をかけ解熱薬を用意するように頼む。そしてさっき購入した差し入れのパンと焼き菓子を袋に何個か入れると、薬と一緒に女の子に渡した。

「リリー。お待たせ。こちらがお薬よ。一日二回お母さんに飲んでもらってね。あとパンも一緒に入れてあるから食べてね」

「いいの？　わあ！　しろパンだ。ふわふわ！　おかしもある。おかあさんとたべるね！　ありがとう。ロゼリアさま」

「お大事にね。気を付けて帰るのよ」

リリーは嬉しそうに袋を抱えると大きく手を振る。何度も振り返ってはありがとうと大きな声で言ってくれた。ロゼリアはリリーのお母さんが早く元気になりますように心の中で祈った。そしてあの少女の笑顔を見て心が温かくなる。この瞬間、モンタニーニの家に生まれて、仕事を手伝えて幸せだと思った。

女の子から受け取った木苺の実は店長に渡した。薬と引き換えた物はあとで従業員が分け合う。花などを受け取った時は店に飾っている。

ロゼリアは王都で暮らすようになってから時々店の手伝いに来ているので、薬屋に来るお客様はロゼリアのことを知っている人が多い。貴族の中では薬屋で接客をする変わり者の公爵令嬢と言われているが、ここに来る人に喜んでもらえるなら気にしない。ロゼリアが店に出るのは本で学ぶだけではなく、みんなにとって本当に必要な薬を知りたいからだ。

「ロゼリア。お疲れ様。在庫の確認は済ませたから帰ろうか」

「はい。お父様」

お父様はどこか誇らしそうな顔をしているように見えた。

その日から急なお仕事が入らない限りお父様と一緒に食事が摂れることになった。一人じゃない食事はとても美味しい。時にはお茶の時間も設けてくれている。一回目の人生で経験した寂しさが記憶の中から消えていく。

最初は二十歳から十四歳に若返り戸惑ったが、意外と慣れてしまうものだ。気持ちが落ち着いてきたところで前回の記憶を整理しノートに書きとめた。

前回の人生では十九歳でステファノと出会う。今からまだ五年もあるのでとりあえずの対策としては、彼を避けるくらいでいいと思う。もともと我が家はピガット侯爵家と関わりがないのでこちらから近寄らなければ接点がない。それにロゼリアはまだ社交界にデビューをしていないので会う機会はない。ジェンナに会ったのはステファノに会う少し前で、辞めてしまうスザナの代わりに雇った。だからこちらもまだ先のことだし、ジェンナに関しては雇用する権利はこちらにあるので断れば問題ない。他に気を付けるべきこと……。

そういえばそろそろお父様が領地に行ってしまう頃だ。前回はお父様が領地に向かうのと入れ違いで荷物が王都に運ばれてきた。王都に入ったところで荷が賊に襲われ、二人の護衛が亡くなり一人が大怪我を負った。その時大怪我したおにいさんの看病をしたのを覚えている。彼は領地の運搬責任者トマスさんを庇ったのだ。トマスさんがすごく感謝していたが犠牲者を出してしまったことを悔やんでいた。もちろん遺族には補償をしているが失われた命は戻らない。悲しくそして悔しい出来事だった。

ロゼリアの中であのおにいさんの存在はとても印象深い。傷が酷くてロゼリアは率先して看病した。でも覚えている理由は彼のその見た目だ。彼の髪と瞳は漆黒だった。この国では珍しく、ロゼリアはその色を持つ人をそれまで見たことがなかった。だから運ばれてきた時、一瞬驚いた。初めて見る黒髪の男性。この時彼の目は閉じられていたので瞳の色はまだ分からなかった。すぐに我に返り執事に命じ医者を呼んだ。

手当てが終わりベッドで眠る彼の顔をロゼリアはじっと見入ってしまった。痛みに顔を歪めていてもその容貌は整っていた。形の良い眉に鼻梁、そして薄い唇。長く黒い睫毛の下に隠れているその瞳の色がとても気になった。だけど若い使用人の中には初めて見る黒い髪色に不吉だと恐れる者もいた。でも不思議とロゼリアはそう思わなかった。どちらかと言えば神秘的でドキドキした。そして彼が目を覚ました時に見た、髪と同じ漆黒の瞳は美しく吸い込まれそうだと感じた。

看病しているうちに二人でよく話をするようになった。とはいえ彼は平民なのでお互いに身分という線引きをしていたが、あの時間はロゼリアにとって優しい思い出だ。彼は回復すると騎士になると言って公爵邸を去って行った。その後おにいさんがどう過ごしたのかが気になるが、もちろん今のロゼリアには知ることはできない。自分は悲しい最期を迎えたが、おにいさんが幸せだったらいいなと思う。

つい思いを馳せてしまったが、それよりも対策を考えなければならなかった。もし今回も同じことが起こるのなら、護衛の中で亡くなる人もいておにいさんも大怪我をしてしまう。何とか防ぐ方法はないか考えないと。とにかく護衛を増やして……でも襲われることを事前に知っている理由が説明できない。まずは時期を特定しようとお父様に問いかけた。

「お父様。今年はいつ頃領地に行くのですか？」

「ああ、そのことだが私はなるべく王都にいようと思う。それで正式にマカーリオを代理人にして領地のことを任せることにした。今までは躍起になって領地内の薬草に関わる全てについて把握しようとしていた。だが、頼れる人間がいるのにいつまでもでしゃばっていてはいけないと考え直したよ。王都でもやるべきことは多くある。領地のことは信頼できる人間に任せて、必要な時に行くことにした」

　マカーリオおじさまはお父様の従弟で子爵家の三男だ。嫡男ではないので家を継げない。だから将来は平民として生きていくことになる。といってもマカーリオおじさまは貴族であることにこだわっていない。むしろ柵《しがらみ》がなくなり仕事を自由に選ぶことができると喜んでいた。彼は学生時代から薬草について研究していて、それを一生の仕事にしたいと望んでいた。そしてぜひモンタニーニの領地で研究を進めたいと働いてくれている。実質お父様の右腕であり、研究第一で変な野心もなく領民たちからも慕われている。ロゼリアが領地に行くとまるで自分の娘のように可愛がってくれていた大好きなおじさまだ。

「いつ決めたのですか？」

「最近ロゼリアと過ごすようになって考えを改めたのだよ。領地には今度一緒に行こう」

「はい！」

　これからもお父様とずっと一緒に過ごせる！　最近は側にいられる時間が長かったから領地に行ってしまうとすごく寂しくなると思っていた。

「私が行かないので予定を変えて今日、薬の荷が届くようにした。夜までには着くだろう」

「えっ？　今日？」

浮かれている場合ではなかった。荷の到着が早まってしまった。すでに王都に向かっているのなら、襲われるのは今日になるかもしれない。でも前回はもっとあとの日にちだったし、お父様が領地に行かないから未来が変わって賊に襲われないかもしれない。でも万が一襲われたら大変なことになる。やっぱり心配だ。

「お父様。それなら騎士に荷を迎えに行ってもらってはどうですか？　いつも希少な薬が狙われているのでしょう？　用心した方がいいと思います」

「ん？　だが護衛は多めにつけているから心配はないだろう」

確かに護衛は多いかもしれないがそれでも一回目は犠牲者が出た。防ぐためにも騎士を出す理由を探さないと。

「でも、あの……悪い予感がするのです。お願いですから増援して下さい」

理由は……思いつかなかったので強引に頼んだ。無事ならそれでいいが、もしも同じことが起こったら……後悔はしたくない。

「大丈夫だと思うがロゼリアがそこまで言うのなら、念のため騎士に様子を見に行かせるか……」

お父様は頷くとすぐに指示を出した。我が家の作っている薬は他国からも評判がいい。盗んで売ればかなりのお金になる。賊に狙われやすいのだ。騎士が行って何事もなければそれでいい。

後悔している――。だってせっかく記憶を持って過去に戻って来た。それなら不幸な運命を全部変えられるはずだったのに、今回のことの対策を立てるのが遅くなった。もっと早く、もっと上手く、行動を起こしていればと繰り返し自問する。これは一度目の人生で実際に起こっている。そしてそれを知っているのはロゼリアだけだ。防げなかったら自分を許せない。だからといってどれだけ考えても、もう時間は戻らない。

連絡を待っている時間がとても長く感じる。比例するように不安が膨らんでいく。一人では心細かったので、お父様の執務室のソファーで本を読んで騎士からの連絡を待っていた。本を広げているが、目が文字を滑っていくだけで内容は頭に入ってこない。

モンタニーニの領地から王都や他領に薬を運ぶ時は、腕利きの護衛を依頼している。運悪く襲われ負傷した人は、屋敷で手厚く看病をする。それは当然のことだ。

王都の別邸は仕事で領地を往復する領民が、滞在するための施設のようになっている。ロゼリアは何かあった時には率先して手伝っていたが、今まで重症者が出たことはなかった。

どうか間に合って欲しい。そして一人の怪我人もなくみんなで王都にたどり着いて欲しい。時計を見てはそわそわと落ち着かない。するとノックの音と同時に執事が慌てて入室してきた。

「旦那様。今、早馬が来ました。荷が王都に入る手前で襲われたそうです。先ほど送った騎士が襲撃された直後に合流し、加勢して賊を捕縛したようです」

「そうか。全員無事なのか？」

「それが、護衛が一人怪我をしたようです。それ以外はかすり傷程度だそうですが」

「そんな！　怪我は酷いの？」

ロゼリアは青ざめ執事に詰め寄った。

「どうやら重傷らしいです」

間に合わなかった。自分を罵《のの》りたい。でも今は怪我人を迎え入れる準備をしなくては。

「お父様。お医者様を呼んで待機してもらいましょう」

「ああ、そうだな。すぐに手当てができる用意をしておこう」

お父様の指示を受けて執事は医者を手配しに行った。

ロゼリアは自分の不甲斐なさに泣きたくなった。一回目の人生の時は護衛のおにいさんの背中に巻かれた包帯には真っ赤な血が滲んでいた。血が止まっていなかったのだ。青い顔で意識がもうろうとしていた。同じおにいさんが怪我をしたのだろうか。それならばロゼリアのせいだ。

「お父様。怪我をした人は本邸で治療しましょう。いいですよね？」

その方が自分にもできることがあるはず。

「ああ、そうしよう。それにしてもロゼリアの言うことを聞いてよかった。増援を出さなければもっと大きな被害があったかもしれない」

医者はすぐに到着した。手当てをする部屋の準備を整える。お湯を沸かし清潔な布をたくさん用意した。治療のための器具も洗浄を済ませ準備万端だ。受け入れ態勢が整った頃、玄関の方がざわめき出した。ロゼリアは急いで向かった。すると騎士に抱えられて若い男性が運ばれてきた。包帯が巻かれた背中が赤く染まり青い顔をしている。意識がもうろうとしている。その人は黒い髪だった。ああ、前回とまったく同じだ。怪我をしたのも同じおにいさんだった。

「早く部屋に運んで手当てを！」

　すぐにおにいさんの手当てがされる。前回は医者が来るのが遅かったが、今回はすでに待機させている。我が家にはあらゆる薬が揃っている。だから大丈夫だと自分に言い聞かせた。おにいさんの治療中は他の人たちの傷の手当てをしたが、ほとんどがかすり傷か打ち身くらいだった。おにいさんの治療が長引いていてそわそわしていると、お父様が安心させるように言った。

「医者に任せておけば大丈夫だ。我が家の荷を守ってくれたのだから、彼は責任を持って完治するまでここで療養させよう。ロゼリアも彼の看病を手伝ってくれるかい？」

「はい！　お父様」

　医者が部屋から出て来たので怪我の状態を確認する。荷の運搬責任者トマスさんも一緒だ。

「背中は二十針ほど縫いました。出血が多く貧血がありますが命に別状はありません。安静にすれば回復するでしょう。ただこれから発熱すると思うので薬を飲ませて下さい」

「そうか。それで済んだのは不幸中の幸いだったな」

　お父様の言葉に何も返せない。だって前回と同じ酷さの怪我だ。今回は亡くなった人がいないけれど、もっと早く騎士を出してもらえばおにいさんだって無事だったのに……。後悔がロゼリアの心を責める。

　トマスさんは沈痛な面持ちでお父様に頭を下げた。

「モンタニーニ公爵様。彼をよろしくお願いします。彼は私を庇って大怪我を負ったのです。仕事も真面目でいい奴なんです。異国人ですがどうか――」

「トマス、大丈夫だ。私が責任を持って面倒を見る。たとえ異国人であっても差別することはない。彼は我々の恩人だ。そうだろう？」

「はい。お願いします」

「トマスさん。私も看病するので安心して下さい」

「ありがとうございます。お嬢様」

　トマスさんはおにいさんが異国人だから、扱いが変わることを心配していた。閉鎖的とまでは言わないが、異国人を偏見で軽んじ冷たい対応をする人もいるのは事実だ。だから我が家で蔑ろにされないか懸念したのだ。

　トマスさんは瞳を潤ませ再び深く頭を下げた。長年、モンタニーニ公爵領から王都への運搬の責任者をしているトマスさんは、一見柔和なおじいさんに見えるが切れ者で人を見る目がある。そして融通が利かないくらい真面目で慎重な人だ。護衛は給金がいいが危険な仕事だ。それでも希望者は多い。トマスさんの護衛を雇う時の調査や審査は厳しい。なぜなら過去には賊と繋がっている者もいたからだ。調査の段階で発覚して未然に防げたが、それ以降護衛は慎重に選んでいる。少しでも怪しいと思えばどれほど有能でも雇わない。そのトマスさんがおにいさんのことをとても信頼している。お父様は騎士たちと捕まえた賊を騎士団に引き渡すことや、トマスさんと荷の保管の話をするために執務室へ移動する。

「お父様。おにいさんの様子を見てきてもいいですか？　少しだけ顔を見るだけだから」

せめて一目無事な顔を見たい。

「ああ、でも安静が必要なのだから長居をしては駄目だよ」

「はい」

部屋に入ればおにいさんは背中に大きな怪我を負っているのでうつ伏せで寝ている。さっきは蒼白な顔色だったが、熱が出てきたようで赤く火照っていて汗もかいている。すでに薬は飲ませたと言っていたのでできることは少ない。ロゼリアは氷と水を用意してもらい、タオルを絞り頬にそっと当てた。荒い息をしていたおにいさんが少しだけ穏やかな顔になる。でもまだ苦しそうだ。

「防げなくてごめんなさい。おにいさん」

眠っているおにいさんには聞こえていないがそれでも謝りたかった。ただの自己満足だと分かっている。だからせめて彼が早く回復するように何でもしようと思った。

ロゼリアは付きっ切りでおにいさんの看病をすることにした。贖罪《しよくざい》でもあり懺悔《ざんげ》でもある。ベッドの横に椅子を置きそこに座る。

汗を拭いながらおにいさんの顔を見てやはり綺麗だと感じた。前回と同じ、整った眉と鼻梁に薄い唇。一回目の人生で聞いたその唇から聞く声は優しさを感じ心地よかった。またその声を聞きたい。背は高くて見上げたことも覚えている。

おにいさんの苦しそうな呼吸を聞くと胸が苦しくなる。

「頑張って、おにいさん」

おでこにはサラサラの黒髪が汗で張り付いている。張り付いた髪を避けるとタオルで汗をそっと拭う。今、閉じられている瞳は綺麗な漆黒だと知っている。黒は夜を思わせる。でも不思議と怖くなかった。彼の瞳は静謐な雰囲気を纏い包み込むような優しさがあったからだ。

（その綺麗な瞳をもう一度見せて欲しい……）

おにいさんは薬が効いたのか二日後には熱が下がった。だからきっとすぐに目を覚ますと思っていたのに、五日経ってもまだ目を覚まさない。ロゼリアは不安で食事も喉を通らなかった。

一回目の時は二日後には目を覚ましていたのに。もしも死んでしまったら……。心配でずっとおにいさんの側にいた。深刻な表情で沈んでいるロゼリアにスザナが心配げに眉を下げた。

「お嬢様。護衛さんが目を覚ましたら、私が教えますからお部屋で休んでいて下さい。それと看病を続けたいのならきちんとお食事を摂って下さい」

「でも……」

「お嬢様が倒れたら護衛さんの看病ができなくなりますよ？」

それはよく分かっているが食欲がないのだ。でもみんなに心配をかけては駄目だ。

「分かったわ……」

スザナが食堂に軽食を用意してくれた。味を感じないまま流し込むように何とか食べ終える。夜、ベッドで目を閉じてもなかなか寝付けない。寝返りを打って夜が明けるのを待つばかり。

六日目の朝になり今日こそはと祈りながらおにいさんの部屋に行く。カーテンを開けると太陽の光が差し込む。空が青く澄んで天気がいい。

「おにいさん、早く目を覚まして。お願い」

小さく声をかけると唸り声が聞こえ、おにいさんの長い睫毛が震えた。そして瞼がピクリと動いた。そのままゆっくりと瞼が開いて漆黒の瞳が現れる。ロゼリアは前回も彼の瞳が開いた時に、不謹慎にも切れ長の目が格好いいなと思ったことを思い出した。

「おにいさん。目が覚めたの？」

恐る恐る声をかけるがおにいさんはぼんやりして返事がない。何か後遺症があるのかと不安になりもう一度呼びかける。少し瞳が潤んでいる。また熱が出てきたのかもしれない。

「おにいさん、おにいさん、大丈夫？」

おにいさんはその声に反応し首だけをこちらに向けると、何かに驚いたかのように目を見開いた。不思議に思ったが目を覚ましたことに安堵し、そのことは気にしなかった。

「……………」

「おにいさんは五日間も眠っていたのよ。そうだ！　お腹が空いているはず。今お食事を用意してもらうわね！」

ロゼリアは嬉しくなってスザナにスープを用意するように頼む。冷静になれば彼はすぐに起きるには辛いだろうに、きっとお腹が空いているとそればかりを考えてしまった。スザナが運んできたスープを一旦サイドテーブルに置き、おにいさんを起こそうと側に寄る。

「スープを用意したのよ。食べて。あっ、一人で起きられる？」

「……ロゼリア様？」

「そうよ」

荷の護衛の人たちとロゼリアが直接やり取りする機会は基本的にはないが、みな自分の存在を知っているから名前を呼ばれても特に疑問には思わなかった。

おにいさんは目を何度も瞬く。そしてふいにロゼリアの腕を掴んだ。起きるために手を貸して欲しいのだと思い、おにいさんを引っ張ってみた。でも自分より大きな男性を起こすことはできなかった。強く引っ張ったせいでおにいさんが呻き声を上げた。

「うっ……」

「おにいさん、ごめんなさい。痛かったわよね。ゆっくり起きないと。背中の怪我は酷くてたくさん縫ったのよ」

柔らかいクッションを背中側に積んで、傷に触れない空間を作りそっともたれさせた。おにいさんの顔を見ると目がさっきより潤んでいる。きっと泣きそうなほど傷が痛むんだ！

「大変！　お医者様を呼んでくるわ。痛み止めのお薬を出してもらわなきゃ」

おにいさんは大きく息を吐くと、無理矢理口角を上げた。

「ロゼリア様。大丈夫です。少しすれば治まります」

痛いはずなのに遠慮している。逆に気を遣わせてしまっている。

「でも……」

「大丈夫ですから」

心配だけどおにいさんが強く引き留めるので、医者を呼ぶのは諦めてスープの準備をした。まずはおにいさんが水を口に含んで落ち着いたのを確かめる。ロゼリアはスプーンを手に取るとスープを掬いそれをおにいさんの口元に運んだ。腕を動かすと背中の傷が痛むと思ったのだ。少しでもおにいさんの負担を減らしたかった。

「えっ……」

おにいさんは目を丸くして固まった。スプーンとロゼリアを何度か交互に見る。

「さあ、召し上がれ！　遠慮しないで？　早くしないと冷めちゃうわ」

「それなら……」

おにいさんは少し困った顔をしたが、おずおずと口を開きスプーンを迎え入れる。ロゼリアはゆっくりと引き抜き飲み込むのを見守る。

「美味しい？」

「はい。美味しいです」

「よかった」

ロゼリアは満足して再び手を動かした。おにいさんの頬が赤くなっている。また熱が上がってきたのかも。それでもスープは完食してくれた。

「ご馳走様でした」

「どういたしまして。ねえ、おにいさん。私に何かして欲しいことはある？」

「えっ？」

「遠慮しないで何でも言って！」

怪我をさせてしまったお詫びに、彼の望むことを何でもしてあげたい。おにいさんはじっとロゼリアを見て思案する。そして意を決したように口を開く。

「それなら俺のことは名前で呼んで下さい。カルロといいます」

名前を呼ぶ？　ロゼリアは意外な頼みごとに目をぱちくりと瞬いた。一回目の時は言われなかったしロゼリアも聞かなかった。彼は元気になったら屋敷を出て行く。もう会うことのない人と親しくなりすぎるのが辛くて、わざと名前を聞かなかった。でも彼がそう言うのなら。それに『カルロ』、おにいさんに似合っている素敵な名前だ。少し緊張しながら呼んでみる。

「カルロおにいさん？」

するとおにいさんはロゼリアに強い視線を向けて言った。

「いえ、ただのカルロでお願いします」

「カルロさん」

「さんもいりませんよ」

年上の人を呼び捨てにしていいのか迷った。でも彼の期待を込めた眼差しと強い意志を感じ、抗えず思い切って呼んでみた。

「カルロ？」

「はい」

するとカルロが破顔した。その笑顔に胸がきゅんとなる。とても嬉しそうに返事をされてしまったせいか照れくさくて落ち着かない。スープも飲み終わったし、寝かせてあげた方がいいだろうと心に言い訳をして部屋を出ることにした。

「私は邪魔になっちゃうからもう行くわ。カルロはゆっくり休んでね」

「はい。ありがとうございます」

少しだけ血色の良くなったカルロの顔を見て安心すると、お父様にカルロが目を覚ましたことを報告するために執務室に向かった。

カルロは若くそして体を鍛えていたので、傷が癒えるのは早かった。だからといって安静は必要だ。何しろ大怪我だったのだから。それなのにすぐにでもベッドから出ようとする。監視してベッドに押し戻すのがロゼリアの日課となった。

「まだ起きては駄目よ！」

「もう、大丈夫です」

「私のせいで怪我をしたのよ。お願いだから安静にしていて」

「ロゼリア様のせいではありません。俺が未熟だったせいです」

「違うの。私のせいなの！」

「いいえ、自己責任です。怪我を負う可能性を含めての護衛であり、それに見合う報酬をもらっていますから。それに護衛には過ぎるほどの治療をしてもらっています」

お互いが悪いと押し問答になった。

「でも……」

カルロは困り顔だ。一回目のことを知らないのだから、彼が私のせいではないというのは当然かもしれない。でもロゼリアには彼に償う責任がある。それだけは譲れない。

「そんなに気になさるのならお願いがあります。二つほど」

「二つ？　もっとあってもいいのに。何かしら？　私にできること？　何でも言って！」

「まず一つ目は、分厚い肉が食べたいです」

「お肉？　いいわ。さっそく今夜から毎日用意してもらうわね！　もう一つは？」

カルロがお肉を頬張る姿を想像して微笑ましくなった。たくさん食べて元気になってもらおう！

「もう一つは……また今度で」

「？　分かったわ」

引き下がらないロゼリアのために提案してくれたのかもしれない。だから頼みごとが思い浮かばないのかも。それならばゆっくり考えてもらおう。そして彼の願いが決まったら絶対に叶えようと決めた。

ロゼリアは毎日カルロの看病をしながら色々な話を聞いた。前回聞いた話もあるけれど、彼自身の詳しいことは初めて聞く。

カルロはまだ十八歳だった。生まれた国を出て、海を渡ってこの国に来た。護衛の仕事で生計を立てていた。四年前からモンタニーニ公爵領の荷の護衛を専属でしている。

「今の私くらいの歳から護衛の仕事を？」

自分がぬくぬくと生きている同じ時間に大変な思いをしている人は多い。頭では分かっていたが目の前にすると衝撃を受ける。

「俺にはいい師がいました。母が亡くなったあと、面倒を見て鍛えてくれた恩人です。恵まれていると思っています」

「カルロもお母様がいないの？　お父様は？」

「父は……父も亡くなっています」

「そう。寂しいわね。私もお母様がいないの。でもお父様がいるのに寂しいなんて我儘よね。カルロもお母様に会いたくなる？　私は……会いたいわ」

「ええ。そうですね。でもたぶん見守ってくれていると思います。ロゼリア様のお母様も、きっと見ていてくれていますよ」

「そうかな。そうだといいな」

彼の言葉はロゼリアの心の中に自然と溶けていく。漆黒の瞳はまるでロゼリアを包み込むように優しく弧を描く。その眼差しを見る度に胸の奥がきゅっとなる。どうしてそうなってしまうのか分からないけれど、嫌な気持ちではなかった。切ないような甘いようなよく分からない感情だ。前回もそうだったけれど不思議とカルロには何でも話せてしまう。彼はステファノのように社交的でも話術に優れているわけでもない。でも、一つ一つの言葉に心がこもっていると感じる。信じられる人だと思えた。そう考えるとステファノの言葉はキラキラと着飾った薄っぺらいものだったと痛感する。それに縋り信じた自分の愚かさを思い出すと、どこかに穴を掘って埋めて欲しくなるほどだ。

カルロと話をする時間は心地いい。彼が平民であることが大きいかもしれない。自分を良く見せなくても、貴族として心に鎧を纏わなくてもいい。

カルロは起き上がれるようになるとすぐにリハビリを始めた。

「まだ早いわ。もっとゆっくり養生して。お父様だってそうおっしゃっているわ。遠慮しなくていいのよ」

「ありがとうございます。でも体が鈍ってしまいますし、それに俺にはしなければならないことがあるので」

「それはなあに？」と聞きたかったが彼の目は真剣であまりに揺るがないので、軽率に聞いてはいけない大事なことのような気がした。

ある日、カルロが意を決したような真剣な表情で問いかけて来た。

「ロゼリア様。俺の髪とか目の色、気持ち悪くないですか？」

瞳の奥にはかすかに仄暗《ほのぐら》さが覗く。カルロはその髪と瞳の色から明らかに異国人だと分かる。きっとこの国に来てから酷い言葉を投げつけられてきたのだ。想像して胸がぎゅっと痛んだ。でもロゼリアは一度だってそんなことを思ったことはない。否定するために勢いよく告げる。

「思わないわ！　だってすごく綺麗だと思う。特に瞳は吸い込まれそうなほど綺麗な黒色だわ」

「えっ!?」

「あ、あの、とにかく綺麗ってことよ」

ロゼリアはあたふたと誤魔化した。顔が熱い。赤くなっているかも。カルロが目を丸くしている。吸い込まれそうって何だろう。自分で言って恥ずかしい。黒い髪や瞳は偏見のある人には忌み色に見えるのかもしれない。でも何の根拠もない。だって黒色の美しいものはこの世にたくさんある。それに黒色だけじゃなくカルロの顔はとても整っていて綺麗なのだ。だけど男の人に美人だと言うのは躊躇《ためら》われた。それでもカルロは微笑んでいるから、ロゼリアの気持ちは届いたと思うことにした。

それからもカルロの側で過ごした。リハビリから鍛錬になっても彼が無理をしないか見守った。ただ見学していて気付いたことがある。彼の体は白いシャツの上からでも鍛えられていて逞しいものだと分かる。急に彼が男性だと意識してしまい恥ずかしくなる。一回目の人生ではそんな風に思ったことはなかったのに……。そんな時は早口で話しかけて誤魔化した。

「旅は楽しかった？　船に乗ったの？　私は海を見たことがないの。綺麗だった？　青い？」

質問攻めになってしまった。

「穏やかな海は青く美しいです。でもひと度荒れると恐ろしいですよ。ああ、生で食べる魚が旨いです」

「お魚を生で食べるの？　お腹を壊さないの？」

びっくりして目がまん丸になる。信じられなくて問いかけた。ロゼリアは魚を生で食べたことがない。生で食べるなど考えたこともなかったので、ちょっと怖い。

「新鮮な魚なので大丈夫ですよ」

「本当に？」

（それでも心配だわ。でも我が家には腹痛によく効くお薬があるから大丈夫！　今度カルロにも常備薬としてあげよう）

「一度でいいから海を見てみたいな」

カルロが優しい顔で言った。

「いつか、一緒に行きましょう」

「そうね！」

（果たすことのできない約束……）

立場を考えれば無理なのは分かっている。でも彼の優しい漆黒の瞳を見ていると、不思議と実現しそうな気がしてしまう。ロゼリアはその言葉が嬉しかった。今までロゼリアにはそんな話ができる人はいなかった。

それだけじゃない。カルロはすごくロゼリアのことを心配してくれている。

「寂しくないですか？」「辛いことはないですか？」「悩みは？」ふと思いついたように聞いてくる。直接言葉で心配してもらうのって、自分を見てくれているんだと感じられて嬉しかった。

この優しい時間がずっと続いて欲しいと、願ってしまうほどに。

ロゼリアは彼との時間を優先したが、もちろんお父様とのお食事も欠かさない。ある日の食事中にお父様がふいにロゼリアに問いかけた。

「ロゼリアはカルロが気になるのか？」

ロゼリアはお父様を見つめると首を傾げた。なぜ聞かれたのか不思議だった。

「我が家の荷運びで怪我を負ったのだもの。気になって当然でしょう？」

お父様は苦笑いを浮かべるとなるほどと頷く。

「そうか。それでも人見知りをするロゼリアにしては珍しいと思ったのだよ。彼はいい青年だ。護衛のままでは勿体ないと思い、別の仕事を紹介しようかと話をした。どうやら王立騎士団に入りたいそうだ。腕が立つから護衛を続けるより、騎士になった方が将来が明るいだろう。功績を挙げて騎士爵を手に入れたいとも言っていた。私は騎士団入団試験を受けられるように推薦状を書くことにしたよ。トマスもカルロの人柄を誉めていたがその通りだったな」

お父様もカルロを気に入ったようだ。だって絶賛しているもの。自分と同じようにお父様も感じていると思うとより嬉しい。

（でもいつの間に騎士団へ行く話をしていたのだろう。私は聞いていないわ）

仲間外れにされたみたいで拗ねたくなる。でもそれよりもまた危険な目に遭うかもしれない。

「騎士団……。危険だわ。心配よ」

彼は平民だ。それなりの身分やお金を手に入れるのなら騎士団が手っ取り早い。功績を挙げれば一代限りとはいえ爵位を手に入れることができる。それは理解できるが再び大怪我を負う可能性だってある。

ロゼリアは見ていないが彼の背中には大きな傷が残っているはず。騎士団は護衛以上に危険が多い。

現在この国は隣国と睨み合っていた。隣接する辺境では激しい戦いになっている。騎士団に入れば前線に派遣されることになる。その時またカルロが大怪我をしたらと想像するだけで身が竦《すく》む。だけどどれだけ仲良くなってもロゼリアに引き留める権利はない……。

「そうだね。でも彼が決めたことだ。私たちは応援してあげようじゃないか」

「……はい。お父様」

カルロは全快すると屋敷を出て、正式に王立騎士団に入団することになった。

出発の朝、ロゼリアは玄関まで見送りに出た。カルロとは三か月一緒に過ごしたけれど、お父様やスザナたち使用人以外で、初めて心を許し打ち解けることができた人だ。もう、会えなくなってしまうと思うと寂しい。

「カルロ。無理しないでね。もし怪我をしたりお腹を壊したりしたらここに来てね。お薬あげるから」

さっき数種類の役に立ちそうなお薬を餞別に渡した。騎士団に入るならあって困るものではない。足りなければいつでも来て欲しい。

「お腹……、ふっ、はい。分かりました。……ロゼリア様。聞いてもいいですか？」

（笑ったわね。お腹が痛いって本当に辛いのよ？　大変なんだから。我が家直営の薬屋でもすごく売れているのよ）

ロゼリアはムッとして小さく唇を尖らせたが、気を取り直して返事をした。

「いいわよ。なあに？」

カルロは一瞬躊躇ったが意を決したように口を開いた。

「……俺の髪と目の黒い色を汚いと思いませんか？　怖いと思いませんか？」

意外な質問にロゼリアは口をぽかんと開けて目をパチパチと瞬いた。

「カルロ、それは前も聞いたわね？　忘れちゃった？　ふふふ。私、そんなこと思わないわ。すごく綺麗な黒色だと思う。そうだ。オニキスと同じ色よ。オニキスってパワーストーンっていって守ってくれる石なの。同じ黒色で素敵だわ」

黒色だというだけでどれほど彼は苦しい思いをしてきたのだろう。彼の心の傷に思いを馳せて悲しくなった。でも意地悪を言う人もいるかもしれないけれど、黒を綺麗だと思う人間がいることを覚えていて欲しい。その思いが届きますようにと一生懸命伝えた。するとカルロはまっすぐにロゼリアを見つめた。

「ロゼリア様。覚えていますか？　以前俺の願いを聞いてくれるって言っていたことを」

「もちろん覚えているわ。決まったの？」

「はい。俺、強い騎士になります。そしたらロゼリア様をお側で守らせて下さい」

カルロの言葉を想像したらすごく素敵なことに思えた。カルロがロゼリアの騎士様になって一緒にいられたら……。嬉しくなって深く考えずに無邪気に頷いた。

「カルロは私の騎士様になってくれるの？　嬉しい！　待っているわね」

「その時が来たら必ずあなたを守ると誓います」

漆黒の瞳は決意を秘めロゼリアを見つめている。

もしも彼と再び会える日が来たら……。

カルロの言葉のおかげでしんみりすることなく笑顔で別れることができた。彼が本当にロゼリアの騎士になると信じているわけではないけれど、約束のある別れは希望があり笑顔になれる。

でも、少しだけ、ほんの少しだけ目が潤んでしまったのは内緒だ。

◇◇◇

カルロがモンタニーニ公爵邸を去って三年が経った。

ロゼリアは家の仕事を手伝いながら淑女としての振る舞いを学んでいる、といっても一回目の人生で習得しているのでおさらいだ。王都の薬屋にも頻繁に足を運び店頭に出ている。すると薬を受け取った人たちが後日、わざわざお店に来て元気になったと報告してくれることがあった。その時の笑顔がロゼリアや従業員たちを幸せにしてくれる。その度に自分たちのしていることは正しいのだと誇りを持つことができた。

仕事も大切だけれどそれだけじゃない。自分の時間も作りスザナと買い物に出かけたり観劇に行ったり、楽しく過ごしている。そうすると仕事も一層身に入る。もちろんお父様との関係も良好だ。今のところ一回目の人生のようにステファノと関わることもない。思いっ切り二度目の人生を謳歌している。毎日が充実している！

さらに国内にいい知らせがあった。辺境で起こっていた隣国との戦争が終わったのだ。不思議なことに一回目の人生の時よりも早く休戦協定が結ばれた。王都にいる自分には戦争の実感はないが、辺境では戦い傷つき苦しんでいる人がいる。そして前線の騎士たちが国や私たちを守ってくれているのだ。我が家の薬が役立つのは嬉しいが、本当は必要ない状態が一番望ましい。

ふとカルロを思い出す。彼は前線に行ったのだろうか？　残念ながらもちろん連絡はない。

（それは当然だ。私たちはいっとき交流を持っただけなのだもの。私のことは忘れてしまったかもしれない……）

でもロゼリアは最後に交わした約束を覚えていた。彼は十四歳の女の子への看病のお礼で言っただけなのに……。

それでも嬉しかった。二人は身分差を考えたら気軽にやり取りすることはできない。だからカルロとの思い出は、心の一番柔らかい大事なところにそっと仕舞っておいた。

ロゼリアは十七歳になるとお父様のエスコートで社交界にデビューを果たした。デビューの準備は前回の人生では淡々と進んだが、今回は思った以上に大変だった。それはお父様とスザナがものすごく張り切ってしまったからだ。

お父様はロゼリアの瞳の美しさを最大限に引き立てた上で、ロゼリア自身をもっとも輝かせるためのドレスとアクセサリーを吟味して用意してくれることになった。

ロゼリアの瞳はお母様そっくりのエメラルドグリーン。自分でもそれは密かに自慢で、お父様も宝石のように美しいといつも誉めてくれる。

「ロゼリアのデビューだから最高の日にしたい。アレッシアだってそう思っているはずだ。そのために最高級のドレスを仕立てるぞ」

連日、仕立て屋が来てたくさんのデザインを選ぶことになる。

そうして迎えたデビュー当日はスザナが張り切って上品かつ華やかに着飾ってくれた。

「この日のために勉強をして準備万端にしましたから！」

おかげで自分でも最高の出来栄えだと思えた。鏡に映った自分の姿はお姫様みたいで少し浮かれてしまった。二人は「綺麗だ」と何度も誉めてくれた。素直に嬉しい。

今のロゼリアは一回目の人生を生きて来た時とは違う。二回目にお父様やカルロと過ごした時間のおかげで自分に自信を持てるようになった。スザナだって献身的に支えてくれている。自分の存在を肯定してもらうと心も強くなる。

(全ての人に好かれなくても、ちゃんと私を愛してくれる人がいることを知っている。それだけで幸せだわ。それを忘れずにいればどこにいても顔を上げて堂々と立っていられる)

それに自分を卑下することは、愛してくれている人の気持ちを否定することになってしまう。

その気持ちとは別に世間一般のロゼリアの評価は冷静に受け止めている。自惚れたりはしない。

社交界での女性の評価の一番の基準は容姿だ。ロゼリアの顔は十人並みで突出した美しさはない。だから世間でのロゼリアの存在価値はモンタニーニ公爵家の一人娘ということに尽きる。

爵位を継げない次男三男の子息にとってはロゼリアの容姿を含めても公爵家の婿は魅力的だろう。デビュー後はきっと婚約の申し込みが来る。でもロゼリアは焦って婚約者を探すつもりはない。今度こそ信じられる人と、そして本当に愛し合える人と結婚したい。

幸いステファノとは今まで一度も会っていない。前回では彼と出会うのはもっと先だが、それでもデビューの日は警戒した。

（もしも声をかけられたらどうしよう。どう断れば……）

不安になっているのが顔に出ていたのか、ずっとお父様が側にいてくれたので安心できた。その後も夜会に出席する時はお父様が一緒だった。「悪い虫が付いたら困る！」と心配してくれた。守ってもらえていると思うとロゼリアの不安は段々と薄れていった。

ある日の昼食後、お父様の執務室に呼ばれた。

「ロゼリアは結婚についてどう思う？　そろそろ婚約者を決めてもいい年齢だ」

「婚約者？」

ドキリとする。前回は十九歳になる前に言われた。今回は二年も早い。きっと一緒にいる時間が長くなったから未来が変わっている。

前回は……「お父様にお任せします」と頼んだ。それならば親交のある貴族に声をかけようということになった。婿入りを望む子息は多いので声をかければたくさんの釣書が届いた。その釣書の中にステファノのものもあったが彼は除外した。もちろんそれは彼の本性を知っていたからではなく、社交界でも特に人気のある男性が自分なんかを本気で相手にするはずがないと避けたのだ。ところがそれからすぐにステファノと出会った。あの時はお父様との会話も少なく心を許せる友人もいなかったので、孤独感を癒してくれるステファノに夢中になってしまった。

今回はお父様の愛情を知っているから寂しくない。スザナも側にいる。それにまだ十七歳だから急いで婚約者を決めなくてもいい気がする。いや、ステファノと関わらないためには婚約者がいた方がいいのかもしれない。どうしようかと悩んでいるとお父様が口を開いた。

「実はロゼリアに結婚の申し込みがあった」

「えっ？　私に？」

まさかステファノが？　嫌な予感がして胸の中が重くなり全身に鳥肌が立つ。背中には嫌な汗が流れた。

運命が強制的に私たちを引き合わせようとしていたら、逆らえるのだろうか。避けられずにもし彼と結婚して再び殺されてしまったら、お父様まで巻き添えにしてしまう。でも前回の人生でお父様はステファノのことを反対していた。理由は「相応しくない」としか教えてくれなかったが、きっとステファノに何らかの問題があったのだ。だからお父様がロゼリアにステファノを薦めるはずがない。あの時は一途に結婚したいと強硬手段に出たが、今となっては後悔しかない。

「あの、お父様。それはどなたでしょう？」

恐る恐る問いかける。まずは相手を確かめないと。考えるのはそれからだ。

「ジョフレ伯爵だ。年齢は二十一歳でロゼリアと釣り合う。戦争で手柄を立てたことで叙爵された。身分は高いとは言えないが、人柄は信頼できるし実力もある。私はお前を託せる人物だと思っている。ロゼリア。会ってみないか？」

ジョフレ伯爵？　聞き覚えのない名前だ。夜会で会った記憶もない。最近叙爵されたなら社交の場には出ていない可能性もある。それなのに見初められたのだろうか？　お父様の様子だとジョフレ伯爵に好感を抱いている。絶賛しているからよほど信頼できる人物なのだろう。それならば会ってみてもいいかもしれない。

「お父様がそうおっしゃるならお会いします」

「そうか。ならば話を進めておこう」

ロゼリアの返事にお父様は嬉しそうに頷いた。顔合わせは一週間後に、我が家にジョフレ伯爵がいらっしゃることになった。お父様は意地悪をして、ジョフレ伯爵について詳しいことを教えて下さらなかった。「会ってのお楽しみだ」と笑っている。

「それはいくらなんでも酷いです。どんな方か分からないと不安です。それとも家のためになる人なのですか？」

「家は関係ないな。家の利になる男なら他にいくらでもいる。ジョフレ伯爵はそういう意味ではマイナスかもしれない。でも我が家は経済的に盤石だ。誰が相手でも受け入れることができる。そもそも身分に重きを置くのは最近では王族くらいだ。私は何よりもお前の幸せを最優先にしたい。もし会って好ましいと思えないのなら断りなさい。これは強制ではないのだ。そんなに身構えなくても大丈夫だ」

（ジョフレ伯爵様。どんな人だろう。優しい人だといいな）

ロゼリアは当日、緊張しながらジョフレ伯爵の到着を待った。

第三章　思いがけない求婚者

当日、ロゼリアの前に現れたのは少し日焼けをした、長身で精悍な顔立ちの凛々しい男性だった。いかにも騎士様といった感じで逞しい。

それよりも真っ先に目を奪われたのは――。

彼の纏う色。一番先に目に入ったのは漆黒の髪と瞳、ロゼリアが美しいと感じた色だ。その色に魅入られたように目が離せない。

ジョフレ伯爵は正式な黒い軍服姿だった。祭典などの時に着用するもので、胸元にはいくつもの勲章が下がっている。彼がどれだけ多くの功績を挙げたのかが窺える。この国では珍しいオニキスのような髪と瞳。この色を持つ人をロゼリアは一人しか知らない。

「まさか……カルロ？　お父様、ジョフレ伯爵様とはカルロのことなのですか？」

隣に座っているお父様は、呆然とするロゼリアに茶目っ気いっぱいにウインクをした。すごく楽しそうだ。

「そうだよ。カルロはお前の騎士になるという約束を果たすために、戦争で手柄を立てた。そしてロゼリアに求婚する許しが欲しいと言うので了承した。もっとも許したのは申し込むことだけだが。それを受け入れるかどうかはロゼリアが決めなさい」

「…………」

カルロが目の前にいる。それがすぐには信じられない。

ロゼリアは口をはくはくとさせた。驚きに言葉が出ない。だってもう会うことはないと思っていた人が目の前にいる。彼はロゼリアとの約束を忘れずにいた。そして守ってくれたのだ。胸の奥底から喜びが湧き上がる。

カルロを見れば真剣な表情だ。

(でも待って！　別れ際に私の騎士になるというのはプロポーズのことだったの⁉　もしかしたら看病をしたことを感謝して、プロポーズで恩を返そうとしてくれているのかもしれない。でも普通は求婚までしないはず……)

ぐるぐると思考を巡らすうちにわけが分からなくなってしまった。それに気付いたお父様が笑いながら訊いてきた。

「ロゼリア。そんなに考えなくても大丈夫だ。彼に会ってどう思った？」

「会えて……嬉しい……」

考えるよりも先にするりと言葉が唇からこぼれる。それが一番正直な自分の気持ちだ。

「そうか。ではまずは二人で話をしなさい」

「はい。あの……お父様は本当に賛成なのですか？」

今カルロが貴族であっても高い身分とは言えない。ロゼリアにとって身分は重要ではないがモンタニーニ公爵家としての立場がある。

「ロゼリアに言っていなかったが、カルロは騎士団に入ってから定期的に手紙をくれていた。必ず爵位を手に入れるから、ロゼリアの婚約者を決めないで欲しいと熱心にな。あの時はまだお前は十四歳だったし、カルロもどこまで本気なのか判断がつきかねた。だが、とうとう爵位を手に入れて正式に申し込んできた。私は身分や家の利益は気にしていない。もちろん出自もだ。ロゼリアを幸せにできるかどうかだけが重要だ。カルロからは熱意と誠実さを感じた。そこまでお前のことを思ってくれる男なら許してもいい。それに彼のことは調べたが、浮ついたところもなく特に問題はなかった。だからお前が好きだと思えば受け入れればいいし、嫌だと思ったら断りなさい」

「はい……」

（私のために騎士団に入ったの？　ずっと想っていてくれた？）

想像すると胸がドキドキする。でもそれなら前もって教えて欲しかった。頬を膨らませお父様を見るとしたり顔で笑っている。なんだか悔しい。お父様はロゼリアの肩をポンと叩いてから部屋を出て行った。カルロと二人きりになり思わず緊張してしまう。

三年前、ロゼリアの中のカルロは少年ではないが大人の男性でもなかった。でも今、目の前の彼は立派な大人の凛々しい男性で、これは予想していなかったのでたじろいでしまう。カルロの目にロゼリアはちゃんと淑女に見えているだろうか。彼が立派すぎて不安になってしまう。

カルロは切れ長の目を柔らかく細め笑みを浮かべた。

（ああ！　この表情、懐かしい）

カルロは居住まいを正すと真剣な表情で口を開いた。

「ロゼリア嬢。本日はお時間を頂きありがとうございます。お会いできて光栄です。これをあなたに」

　記憶にある声よりも低く、でも耳に心地のよい声がロゼリアの耳を打つ。

　カルロが恭しくロゼリアに差し出したのは、美しい白薔薇の花束だ。抱えきれないほど大きい。緊張しながらも両手で受け取ると優しい香りが体を包む。

「ありがとうございます」

　男性から花束をもらうのは初めてだ。嬉しくてたまらない。香りを堪能したあとは後ろに控えるスザナに渡し花瓶に活けるように頼む。

　カルロの丁寧な言葉遣いと態度は正しいことだが少し寂しい。昔のように打ち解けて話がしたい。でも貴族同士ならばたとえ屋敷の中でも体面を重視しなければならないのだ。

　改めて正面に座るカルロを見た。綺麗な人だと思っていたけれど、さらに自信を纏い色気が漂っている。目のやり場に困ってしまう。

「ロゼリア嬢。あなたが好きです。たとえ騎士爵を得ても身分はあなたに相応しくないと分かっている。それでもあなたの側にいたい。あなたを一生守ると誓う。絶対に裏切ることもないと約束する。だからどうか私との結婚を考えて欲しい」

　彼の表情は揺らぐことなく、ロゼリアに真っ直ぐに向けられている。あまりにもストレートな言葉に瞬きを忘れ彼の顔を見つめてしまう。そして言葉の意味を理解するにつれじわじわと顔が赤く染まる。心臓がドキドキと大きな音を立てている。

（この人は真っ直ぐな人で以前と変わらない。カルロの私を好きだという言葉なら信じられる。それにお父様が信頼できると判断したのだから間違いないわ）

一緒に過ごしたのは三年前のたった三か月。でも時間の長さなんて関係ない。それでも確かめておきたかったので率直に問いかけた。

「カ、……ジョフレ伯爵様は本当に私でいいのですか？　身分のことは父が許した以上私は気にしていません。それよりも私は地味で特別優れたところもありません。もし、以前の看病のお礼で恩を返すつもりならば無理をしないで下さい」

カルロは頭を緩く振る。

「確かにあの時のことはとても感謝している。恩義もあるが、それ以上に愛しているから申し込んだのだ。それとあなたは自分のことを地味で優れたところがないと言ったが、そんなことはない。あなた以上に勤勉で優しく可愛くて素敵な女性を私は知らない。私は髪と瞳の色から一目で異国人だと分かる。戦争での功績を認められたとはいえ、結婚すれば社交界であなたの足を引っ張る可能性が高い。ロゼリア嬢の幸せを願うなら身を引くべきだが、それでも私はあなたの側にいたい」

（私を愛している？　嬉しい。どうしよう）

それに誉めすぎだと思う。恥ずかしくて耳が熱い。彼の想いのこもった言葉に思わず「はい」と言いそうになった。熱烈な求愛は恥ずかしいけれど嬉しい。この求愛をカルロから受けていることがとても幸せに感じる。可愛いなんてお父様以外に言われたことがない。

「ありがとうございます。ですが突然のことですので、まずは交流を深めてからお返事をさせてもらってもいいですか？」

「ああ、今はそれで十分だ」

もちろん彼との婚約が嫌なわけじゃない。三年振りに会って今の彼を知りたい。騎士団で大変だったことや大きな怪我はなかったのか。楽しいことはあったのかとか、彼の好きな物や嫌いな物を知りたい。離れていた時間をどんな風に過ごしたのか教えて欲しい。

カルロはホッと表情を緩めた。堂々としているように見えたが緊張していたみたいだ。大柄な彼が強張《こわば》っていた表情を緩めるのが、なんだか可愛らしく思えた。

カルロはこのあと仕事があるからと残念そうに暇《いとま》を告げた。ゆっくり話す時間はなく私たちはこれから週に二回の交流を約束してその日は別れた。

部屋に戻りスザナが活けてくれた白薔薇を眺めながら気付いたことがある。一回目の人生でステファノからはプレゼントをもらった覚えがない。一緒に外出した時はアクセサリーなどを選んでもらっていたが、支払いは当然のように必ずロゼリアがしていた。それって変だと今なら分かる。

（ああ、でも花束をもらうのってこんなに心が躍るものなのね）

思わず頬がだらしなく緩んでにやけてしまう。ロゼリアは浮かれた気持ちのままに、クッションを抱きしめお行儀悪くベッドの上にゴロリと転がった。ちらりと視界に入ったスザナの呆れ顔は見なかったことにした……。

カルロに対する気持ちが好意だけなのか、それ以上なのかはまだよく分からない。会えた喜びが大きすぎるのだ。でも心の中に小さな若葉が芽吹いたことは確かだ。その若葉がどんな花になるのか楽しみに思えた。

気持ちが落ち着くと、ロゼリアはソファーにもたれながら今後のことを考えるために目を瞑《つむ》り思考を巡らす。前回のことは参考にしているが、二回目の人生はすでに一回目と違うことが多くなってきた。そうなると今後の出来事も変わるはず。前回はカルロに求婚されるどころか再会もしていなかった。きっといい方向に未来が変わっている。スザナのことだってそうだ。

一回目の人生でスザナは我が家を結婚して辞めた。今回もスザナが結婚退職を伝えてきた。夫となる人の都合で急遽辞めたいと謝っていた。一回目よりも早い時期だけどやっぱりと思った。寂しいが仕方がない。おめでたいことなので快く送り出さなくては。

すぐに執事が侍女の募集をかけた。申し込みが来ているので経歴書に目を通して欲しいと言われ確認する。ロゼリアが複数人の経歴書に目を通すとその中にジェンナのものがあった。思わず息を呑む。気付けば手は恐怖で震えていた。一緒に紹介状が添えてある。紹介主はピガット侯爵夫人……ステファノのお母様だ。前回もジェンナは申し込んできたが、紹介状は別の貴族だった気がする。あの時は応募者の中から一番年齢の近い有能そうな彼女を採用した。

これは――。ジェンナが我が家に来たのは偶然じゃなかった。最初からステファノと示し合わせていたに違いない。きっと二人の関係は、ロゼリアが考えているよりもずっと前からだ。

ジェンナは丸顔の可愛らしい、そして明るくてはきはきとした女性だった。スタイルも良く女性らしい魅力に溢れていた。物事をはっきり言うところが羨ましくもあり憧れた。だからこそ信頼してしまった。ロゼリアはジェンナの経歴書を取り出すと、執事に適当な理由を伝えて断るように言った。ジェンナは雇わない。ホッと息を吐く。これでもう大丈夫。

その時ノックの音がしたので入室を許可した。

「お嬢様。お話があります。お時間を頂けますか？」

「ええ。もちろんよ。スザナ、どうしたの？　目が真っ赤よ。大丈夫？」

スザナは結婚の準備で今週いっぱい休みだったはず。急用だろうか。それにしても目が泣いたように赤く表情は苦しそうだ。結婚の報告に来た時はあんなに幸せそうだったのに、相手の人と喧嘩でもしてしまったのだろうか。

「お願いがあります。このままお嬢様の侍女を続けさせて下さい。勝手なことは承知しております。急に辞めるとかやっぱり続けたいとか、我儘なことは分かっています。ですがどうかお願いします」

深く頭を下げ懇願するスザナに困惑した。しっかり者のスザナが取り乱したところを見たことがなかったからだ。一体彼女に何があったというのか。

「もちろんスザナがここにいてくれたら私は嬉しいわ。でも結婚するのでしょう？　旦那様の都合で王都を離れると言っていたのに大丈夫なの？」

スザナは今、モンタニーニ公爵家の使用人棟に住んでいる。結婚後は屋敷に近いところに住めそうなら通いで来て欲しかったが、結婚相手の男性が王都の外の仕事に行くことになったと聞いて諦めたのだ。

「そ、そ、それが、あの、男は詐欺師だったのです！　騙されていたのです……。私、結婚詐欺に遭って……。その男が昨日騎士団に捕まって、私以外にも被害者が何人もいて……。こ、殺されてしまった女性もいたそうで……うっ、う……う……」

スザナが堪えきれずにしゃがみ込み泣き出した。ロゼリアは慌てて駆け寄りスザナを抱きしめた。

「そんなの酷い！　許せないわ。ねえ、スザナは私にとって姉同然よ。だから遠慮しないでここにいて。それにしても詐欺なんて……でも結婚する前に分かってよかったわ」

「……グズッ。はい……。でも貸したお金は取り戻せそうもないみたいです。彼が困っているって聞いてかなりの額を貸してしまったのです。だから仕事がなくなると困ってしまう……。執事さんも旦那様もお嬢様がいいとおっしゃったらそのまま雇って下さるって……」

高い勉強代になってしまったと涙を拭い気丈に眉を下げる姿が痛々しかった。いつかスザナの傷ついた心が癒えたら、素敵な人がいないかお父様に相談してみよう。今度はスザナを守ってくれる包容力のある人がいい。

その後、お父様にジョフレ伯爵からの求婚の話を聞いたのだ。いざ会ってみてスザナもロゼリア同様に驚いたと言っていた。

「まさかあの時の護衛さんが貴族になってお嬢様に求婚するなんて信じられません！　でもまるで物語のようでロマンティックです」

スザナはキラキラと目を輝かせうっとりと言った。ロゼリアだって自分の身にこんな素敵なことが起こるなんて想像もしなかった。

今回の人生でロゼリアはそれなりにお洒落をしてきたが、カルロに会って増々やる気が出て来た。前回はジェンナに頼りきりだった。あの時も綺麗になれたと思ったが、思い返せばロゼリアには派手すぎてしっくりしていなかった気がする。あの記憶は参考にして、今回は自分らしさも大事にして綺麗になりたい。

スザナに力になって欲しいとお願いすれば、ぱあっと顔を輝かせた。

「まあ、まあ！　ジョフレ伯爵様のために綺麗になりたいのですね？　もちろんしっかりとお手伝いしますとも！　お任せ下さい」

カルロのためと言われるとちょっと恥ずかしい。でも否定はしなかった。スザナはまだ傷ついている。それでも明るく振る舞い頑張っている。そしてロゼリアの気持ちを優先してくれている。心の中でスザナに感謝した。

スザナが残ることになり、侍女の募集はすぐに取り下げた。執事によると断ってもジェンナだけが執拗に追加募集がないかと食い下がってきたらしい。もちろん取り合わなかった。そこまでして我が家で働きたい理由……。嫌な感じがする。前回の恐怖と絶望を思い出し、体を震わせた。

そういえば前回のスザナの結婚相手も、今回と同じ詐欺師だった可能性があることに気付いた。あの時相手の人にもお祝いを伝えたいので紹介して欲しいと頼んだが、彼は極度の照れ屋で申し訳ないが遠慮させて欲しいと断られた。スザナからは辞めたあと一度も連絡がなかった。必ず手紙をくれると言っていたのでずっと待っていたのに。でもきっと新婚で忙しくまた幸せで連絡がないだけだと思っていた。思い返せば不自然なことばかりだ。もしも前回も詐欺師に騙されていたのなら、スザナは無事だったのか……。もちろんどれだけ心配しても確かめることはできない。今回スザナが騙されてしまったことは悲しいけれど無事でよかった。

とにかくこれでジェンナと関わることは絶対になくなった。

後日、知ったのだがスザナを騙した結婚詐欺師を捕まえてくれたのはカルロだった。それを聞いた時、彼は本当にロゼリアを守ってくれる騎士様のような気がした。

◇◇◇

今日は髪型を変えた。いつもはきつく結んだ三つ編みを肩の横に流しているだけの髪型だ。それをアップにして上品な淡い藤色のレースのリボンを着けている。下の方はカールを巻いた。果たして似合っているのだろうか。不安げに鏡を見ると、後ろでスザナがやれやれという表情で肩を竦めているのが鏡越しに見えた。

「お嬢様はもっと自信を持って下さい。とてもお綺麗ですよ。清楚な雰囲気が引き立っています！」

清楚？　首を傾げるとスザナに睨まれたので素直にコクコクと頷いてお礼を言った。

「ありがとう。スザナ」

あれからスザナは「私は仕事に生きるんです！」と拳を振り上げ、ロゼリアのために髪型の資料やドレスの流行について情報を集めてくれている。ありがたくそれを参考にしてお洒落を楽しんでいる。女性としての自信もついてきた。

今日、ロゼリアが張り切っている理由、それはこれからカルロと会うからなのだ。

この日のために新しいワンピースを購入した。今までなら濃紺など落ち着いた色ばかりを選んでいたが、思い切ってクリーム色だ。上品なレースが襟と袖口にある。明るい色を着たら顔色もよく見える。胸元には白薔薇の形のブローチを着けた。先日買い物で立ち寄った小物屋さんで見つけ、一目惚れをしたのだ。繊細なデザインはカルロからもらった白薔薇を彷彿とさせ、どうしても欲しくなってしまった。

「お嬢様。ジョフレ伯爵様がお見えになりました。今、旦那様にご挨拶をされております」

執事の言葉にサッと立ち上がり姿見で全身を確認する。

「今行くわ」

スザナが小さく拳を握り頑張れと応援してくれている。それに頷くと足取り軽く階段を下り、応接室に入るためにノックをする。

「どうぞ」

「ジョフレ伯爵様。こんにちは」

「こんにちは。ロゼリア嬢」

「さて、私は仕事に戻るかな。カルロ。また」

「はい」

お父様はロゼリアを冷やかすように笑みを浮かべた。なんだか照れてしまう。ソファーに座るとスザナがお茶を置いて部屋の隅に控える。まだ婚約者ではないので、部屋で二人きりにはなれない。

「ロゼリア嬢。これをあなたに」

カルロが恭しくロゼリアに花束を差し出す。彼は今日も白薔薇の花束を持って来てくれた。ロゼリアは嬉しくなり思わず花束を抱きしめた。そして香りを吸い込み堪能する。

「いい香りだわ。ありがとうございます」

「ロゼリア嬢。今日は一段と可愛らしい。そのブローチもよく似合っているよ」

カルロは表情を柔らかくすると優しい声で誉めてくれた。ブローチにも気付いてくれた。嬉しい。ロゼリアをちゃんと見てくれている。

「ありがとうございます。ジョフレ伯爵様から白薔薇を頂いてこの花が一番好きになりました。それで選んだのです」

「それは光栄だ。あなたには白薔薇が似合うと思っていたが、やはり似合っている」

凛々しい顔を綻ばせカルロの漆黒の瞳は優しくロゼリアを見つめる。その眼差しに心臓がドキドキと暴れる。

お互いにティーカップに手を伸ばし口を付ける。まだ二回目の顔合わせなので、少しだけ緊張していたが徐々に解れてきた。以前のような距離感にはまだなれないが新たな空気に包まれている気がする。カルロとは不思議と会話のない時間を気まずいとは思わなかった。この穏やかさはまるで森の中で日向ぼっこをしているような感じだ。

　ロゼリアはカルロが辺境でどう過ごしていたのかを聞いた。だが彼は戦争のことに関しては口を濁した。確かに大変な思いをしているはずだし思い出したくないことも多いだろう。ただ大きな怪我などはなかったのかを知りたかった。

「私は悪運が強いらしい。大きな怪我もなく手柄も立てられたのだから」

「そうですか。怪我がなくてよかったです」

　それだけ聞ければ十分だ。しばらくするとカルロが思いつめた顔で口を開いた。一瞬で空気がピリッとした。声には緊張感がある。

「ロゼリア嬢に改めて私のことを話しておきたい。もちろんモンタニーニ公爵様にはすでに話してある。全てを承知で私にあなたへの求婚の許可を下さったが、普通の貴族なら拒否するだろう。以前、看病してもらった時にも話してはいるが、見た通り私は移民だ。生まれた国はこの国から遠く海を渡った大陸で、そこからさらにいくつもの国を跨いだ先だ。もちろんこの国との国交はない。私は十歳の時に母と国を出た。やむを得ず国から離れる必要があったのだ。そのあと母は病に倒れ亡くなったが、旅で出会ったある男が力を貸してくれてこの国に来ることができた。恩人であるその人は、モンタニーニの領地で今は護衛を辞めて定食屋を営んでいる。彼のおかげで俺は荷の護衛の仕事を得た。それでロゼリア嬢に出会えた。それは私にとってこれ以上ない幸運だったと思っている。だが私では由緒あるモンタニーニ公爵家に相応しいとは言えない。今でこそ爵位を手に入れたがもとは平民で異国人だ。それでもあなたは私があなたを想うことを許してくれるだろうか？」

　この国の人々の髪や瞳の色は明るい。黒髪と黒い瞳を見たのは彼が初めてだった。きっと差別を受けて苦労したはずだ。でもその珍しい黒色を美しいと感じた。彼の歩んできた人生は今の説明だけでは計り知れない苦悩があったはずなのに、堂々とした佇まいは己への自信が滲み出ている。彼は自分の力で乗り越えここまで来たのだ。そのことは出自で損なわれないと思う。そして彼は隠すことなく自分に不利になることを話してくれた。その誠実さに報いたい。最初から彼に嫌なところなんて一つもない。その思いが上手く伝えられたらいいのだけれど……。

「許すも何も、何一つジョフレ伯爵様の瑕疵《かし》になるとは思えません。あなたは自分の力だけで今の立場を手に入れた。それは簡単なことではありません。それが全てだと思います。何よりも父が認めた方ですもの。私に否はありませんわ。それにスザナのことも感謝しています。詐欺師を捕まえて下さりありがとうございました。私は以前も今も、あなたの髪と瞳を綺麗だと思っています」

　髪と瞳の色を綺麗だと言った途端、カルロはくしゃりと顔を歪め瞳を潤ませた。でもすぐに柔らかく微笑んだ。

「ありがとう。あなたは変わらないな。公爵様も素晴らしい方だ。三年前、護衛で負傷してこの屋敷で世話になった時に、公爵様が私に声をかけて下さった。騎士か文官を目指さないかと。もし望むなら口を利こうとおっしゃった。私はあなたを守れる騎士になることを望んだ。そしてようやくここに来ることができたんだ」

カルロは感慨深げに目を細めた。

「あの時の背中の傷は大丈夫ですか？　痛みが出たりしませんか？」

古傷は痛むという。直接見てはいないがカルロの傷は大きかったはずだ。もし痛むのならその痛みを和らげる薬を用意してあげたい。

「もう何ともない。なにしろ可愛い天使が看病してくれたのだから」

「‼」

カルロは真剣な表情でものすごいことを言う。これは冗談ではなく本気の顔だ。免疫のないロゼリアはもう陥落寸前だ。あの時彼にはロゼリアが天使に見えたのか……。

私たちはそのまま穏やかに交流を続けた。会いに来る度に白薔薇の花束とプレゼントを贈ってくれる。オルゴールに珊瑚のブレスレット、熊の縫いぐるみもあった。熊の縫いぐるみは十四歳のロゼリアへの贈り物。「あの時のあなたに贈りたかった」と。彼が顔を赤くするからロゼリアの顔もつられて赤くなった。小さく「柄じゃなかったかな」と呟いていたのが可愛い。

その熊の縫いぐるみはロゼリアの部屋のソファーにちょこんと座っている。

二人はまだ婚約者ではないからと一緒に外出はしていない。傍目から見ればカルロはお父様に用があって出入りしているように装っている。その理由はロゼリアがこの話を断った時に、変な噂にならないようにと配慮してくれているからだ。彼はそこまで考えている。だからロゼリアは自分の気持ちを素直に認めることができた。

（カルロが好き）

心の中に芽吹いた若葉は可憐な蕾になり、そして美しい白薔薇となって咲いた。この人を好きにならないなんて無理に決まっている。ロゼリアはもう、ステファノのことを思い出しても傷つかない。今のロゼリアの、心の一番柔らかい場所にはカルロがいる。彼の存在はいつの間にか大きくなっていた。

過去のロゼリアは、ステファノの見かけだけの優しさやその容姿に惹かれていて、人としての本質を見ていなかった。上辺だけの優しさを愛情だと勘違いして縋り付いた。手に入れた泡沫《うたかた》の幸せを手放したくなかった。きっとステファノは鬱陶《うっとう》しいと思っていただろう。だからこそ躊躇うことなくロゼリアに毒を盛れたのだ。彼はとても幸せだという笑顔でロゼリアが逝く様子を見ていた。自分の死が誰かに望まれる恐ろしさには今でも身震いしてしまう。でもそれが完全に過去だと思える。それはカルロの存在があるからだ。彼の誠実さが二度目の人生のロゼリアの心を守ってくれた。そして本当の恋を教えてくれた。

テーブルの上の白薔薇を見つめながら心を決めた。次にカルロに会ったら婚約の申し込みの返事をしよう。その前にお父様に伝えなくては。ロゼリアはその夜、お父様にカルロと結婚したいと伝えた。

「そうか」

お父様は嬉しそうに頬を緩め頷いた。まるでロゼリアがそう言うことを知っていたようだった。

今、二人はソファーに座りお互いに強張った顔で対面している。まるで敵同士が腹の探り合いをしているようだ。

今日は大事な話があるとカルロに屋敷に来てもらった。彼もロゼリアが返事をすることを察し緊張しているように見える。

ピンと張り詰めた空気の中、ロゼリアは大きく息を吸い大切な言葉を伝えた。

「ジョフレ伯爵様。結婚の申し込みをお受けします」

「ああ！　ありがとう。感謝する」

カルロの声は少しかすれていた。彼は肩の力を抜くと安堵に表情を緩めた。

私たちは見つめ合い、お互いに顔を赤くして目を逸らし、再び目を合わせはにかんだ。彼は何かを思い出したように立ち上がるとロゼリアの前に跪く。そして優しくロゼリアの手を取り、ポケットから取り出した、婚約の証だというダイヤモンドの指輪を嵌めてくれた。大粒の宝石はキラキラと輝いて眩しいほどだ。そのままロゼリアの指先に恭しく口付けた。素敵な騎士様に求婚されてまるでお姫様になったようだ。感激と同じくらい恥ずかしさもある。でも本当にカルロと婚約するんだと実感し喜びで心が震えた。

「ありがとうございます」

「必ずあなたを守り幸せにすると誓う」

カルロは漆黒の瞳を細め満面の笑みを見せた。その表情に泣きたくなるほどの幸せを感じた。

すぐに私たちは正式に婚約を結んだ。お父様はカルロの婿入りを本当に喜んでいる。ステファノとの結婚の時はずっと不機嫌そうだった。大好きなお父様に祝福してもらえる結婚に、心のつ

かえが取れたような気がした。

婚約が整うとカルロは言った。

「ロゼリア嬢。どうか次の夜会では私にエスコートをさせて下さい」

夜会でのエスコートは特別なことじゃない。婚約者としての周知も兼ねているのでむしろ当然のことだ。それなのに緊張で喉がカラカラになった。嬉しい申し出で返事は決まっているのにすぐに声が出ない。たった一言「はい」と伝えるだけなのに。ロゼリアは一回目の人生の時に社交界でよからぬ噂を立てられていたことを思い出してしまった。今回は何もないと思う。それでも自分が知らないだけで何か噂があったら、それでカルロに幻滅されないかと不安になった。カルロと婚約したことで一回目の人生での出来事はもう起こらない。あんな噂だってないはずだ。だから心配する必要はないと分かっているのに、心の深淵から恐怖が時々顔を覗かせる。

彼は急かすことなく穏やかな笑みを浮かべ、ロゼリアが口を開くのを待っていてくれる。その顔を見て思った。カルロは噂に左右される人じゃない。むしろ守ってくれるはずだ。だって私の騎士様なのだもの。

「は……はい。こちらこそ、よろしくお願いします」

カルロが破顔した。すると凛々しい顔が一転してどこか幼さなく見える。ロゼリアの胸がきゅっとなりカルロが好きだと改めて思った。

三週間後の夜会に一緒に出席することになった。カルロはすでにこの日のためのドレスを作らせていて贈ってくれた。

（いつの間に……。カルロって用意周到だわ。でもそれは一緒に夜会に出席するのを楽しみにしてくれていたからかもしれない）

お父様もスザナも使用人たちも、誠実なカルロに好意的だ。彼が異国人でも元平民でも気にする者はいない。祝福される婚約に心が満たされる。夜会の日を指折り数えて待ち焦がれた。浮かれすぎないように自制しながらお父様の仕事を手伝う。

当日纏ったドレスはロゼリアの瞳より濃いエメラルドグリーン。ネックレスとイヤリングはカルロが購入してくれたブラックダイヤモンドだ。デコルテのところには白薔薇のコサージュがあしらわれている。清楚なデザインだがシンプルすぎずに、スカートはふわりと広がり可愛らしさもある。一目見て気に入った。髪はドレスに合うように綺麗に編み込んでアップにしている。

彼に釣り合うように大人の淑女を目指したのだ。

カルロを待つ間、何度も鏡を見ておかしなところがないか確認した。だって完璧な状態で彼の隣に立ちたいから。

「お嬢様。とても綺麗です。だから落ち着いて下さい」

「でも……」

そわそわとじっとしていられない様子を、スザナは呆れ顔で見ながら窘《たしな》める。

「いらっしゃいましたよ」

執事の声に頷くと玄関に向かう。そこには軍服の正装姿のカルロがいた。カルロは多忙の中お休みを取ってエスコートをしてくれる。婚約を申し込んでくれた時も思ったが、騎士としての正装は長身の彼を引き立て、ものすごく映える。その姿に何度も見惚《みほ》れてしまう。

お父様は急な仕事が入り遅れて来るので、二人で先に会場入りすることになった。大きな手を差し出され、緊張しながら自分の手を重ねた。騎士らしい節くれだった硬い手に包まれる。自分とは違う大きな手……。たったこれだけでドキドキしてしまう。会場に着くと馬車を降りる。通路を歩きながら、ロゼリアは伝えていなかった心配事を打ち明けた。

「カルロ様。私、言ってなかったことがあるのです。怒らないで下さいね」

「何だろうか？　あなたが何を言っても私が怒ることはないから安心してほしい」

たぶんそう言ってくれるとは思ったがガッカリされるかもしれない。

「実はダンスが下手なのです。練習はいっぱいしましたけど、足を踏んでしまったらごめんなさい」

初めてカルロと踊るダンスを失敗してしまうかもしれない。

「ダンス？　私も得意ではないな。基本的に夜会は警護する側なので私は踊ったことがない。でも音楽に合わせて揺れていればきっと大丈夫だ。ようは楽しめばいいのでは？」

あっけらかんとした言葉にポカンとする。カルロにかかればロゼリアの悩みなど吹き飛ばされてしまう。

「ダンスは初めてなのですか？」

「公式な場所で踊ったことはない。だが、もちろん練習はした。それこそロゼリア嬢の足を踏むわけにはいかないので、休憩の合間に同僚に相手をしてもらった。たぶんまあまあ見れるくらいには踊れると思う」

　ロゼリアは思わず頬を膨らませた。ロゼリアのために練習してくれたのは素直に嬉しいが、他の女性を相手に練習したということがモヤモヤする。それなら一緒に練習したかった。もっと早く伝えていればよかった。

「ロゼリア嬢？」

　カルロがロゼリアの顔を覗き込む。つまらない焼きもちだとは思うが、今後のために伝えてもいいだろうか。

「今度練習するなら私と踊って欲しいです。他の女性と踊らないで。それと正式に婚約をしたのでロゼリア嬢ではなく、これからはロゼリアと呼んで下さい。他人行儀のままでは寂しいです」

　ずっと呼び捨てにして欲しいと思っていたのでついでとばかりに口にした。カルロは目を細めると嬉しそうに頷いた。

「そうか。悪かった。でもダンスの練習相手は男の騎士だから心配はいらない」

「えっ？　男性と練習したのですか？」

「ああ、どこで何を言われるか分からないから女性騎士には頼んでいない。では今度一緒に練習をしようか」

「ええ！」

「ロゼリア。できれば私のこともカルロと呼んで欲しい。それと昔のように話して欲しいな」

「いいの？」

ふいに敬語が抜けて昔のように返事をしてしまった。

「ずっとそう呼んで欲しかった」

「私も。私もずっとそう呼びたかった」

名前を呼んだ瞬間、私たちの離れていた三年間があっという間に縮まった。礼儀正しい彼も素敵だけど、以前のように打ち解けられないのは寂しかった。

ロゼリアは軽やかな足取りで彼の腕に手を添え通路を歩く。無敵になれそうだと思ったが、会場に入れば一斉に二人に視線が向けられた。カルロが夜会に出席したのが珍しいのもあるだろうし、ロゼリアが父親以外のエスコートで来るのが初めてだからかもしれない。たぶん一番は婚約が決まったからだろう。

多くの視線にさらされて顔が強張る。無敵だった心はあっという間に小さくしぼんでしまった。情けない。それに気付いてくれたカルロが手をぎゅっと握って安心させてくれる。そうだ。一人じゃない。隣にはロゼリアを守ってくれる騎士様がいる。

その後、お父様と合流してから、三人で懇意にしている貴族に挨拶に回った。概ねみなこの婚約を祝ってくれた。貴族たちにはそれぞれ思惑がある。財力とそれなりの権力を有するモンタニーニ公爵家の婿がどこの派閥にも属していないことで、王家も貴族も我が家がさらに大きな実権を握ることがないと安心したようだ。王家も戦争の功労者であるカルロを労い、私たちの婚約を祝って下さった。王家にも認められお父様も受け入れた以上、彼の出生について思うところがあっても誰も何も言えない。幸いたくさんの方々からお祝いの言葉を頂くことができた。

挨拶が終わるとカルロとダンスを踊った。夢中になって音楽以外の音が聞こえなくなる。二人だけの世界で見つめ合いながらステップを踏む。さすがカルロは運動神経がいい。下手なロゼリアが彼のリードで気持ち良く踊れている。羽のような軽やかさでターンをする。ダンスがこんなに楽しいなんて知らなかった！

「ロゼリア。まだ踊れるかい？」

カルロも楽しんでいるようで高揚しているのが分かる。ロゼリアは息が上がっていたがもっと彼と踊りたくて頷いた。

「ええ。大丈夫よ」

目を合わせ大きく頷く。浮かれてしまい、いつまでも踊っていたくなる。勢いに任せ三曲続けて踊った。婚約者なのだから誰にも遠慮しなくていい。曲が終わるとカルロがロゼリアを休ませるために椅子のある場所まで連れて行ってくれた。

「三曲はさすがに疲れたわ」

「喉が渇いただろう？　飲み物をもらってくるからここで待っていてくれ」

「ええ。ありがとう」

給仕が離れたところにいる。彼はわざわざ取りに行ってくれた。

椅子に座ってもロゼリアはまだ息が切れている。カルロは息一つ乱しておらず平然としていた。さすが騎士様だ。体力の差を思い知らされた。カルロを目で追っていたら人が近づいていることに気付かなかった。

「モンタニーニ公爵令嬢。私と踊って頂けませんか？」

その声に振り向くとステファノが立っていた。アイスブルーの髪を結い煌びやかな夜会服に身を包んでいる。評判通りの美貌の貴公子。澄んだ青い瞳に見つめられれば女性はみんな見惚れてしまうほどの。一回目の人生で声をかけられたのなら浮かれ喜んで彼に手を差し出した。でも今感じるのは……。

(怖い‼)

ロゼリアは思わず椅子から立ち上がり後ずさりをした。

ステファノを間近で見て一回目の人生の絶望と恐怖が一瞬で蘇る。頭の中が真っ白になる。そして心臓がドクドクと激しく打つ。ステファノの青い瞳……。彼を好きだと思っていた時は晴れた空のように美しい青色だと思っていたが、今は冷酷なまでに冷たい氷の刃に見える。彼はロゼリアの命を奪いに来た悪魔だ——。

ステファノが一歩ロゼリアに近づく。無意識にロゼリアの足が一歩後ろに下がった。頭の中は恐慌状態だ。どんどん呼吸が荒くなる。彼の存在そのものが恐怖の象徴だった。体が震えて、もう立っていられない。

(助けて！　誰か！　カルロ！)

「モンタニーニ公爵令嬢。どうされましたか？」

ステファノは自分の誘いを断られるなんて想像もしていない。遠慮していると勘違いしているのかもしれない。また一歩、ロゼリアに近づいてきた。

「ひっ……」

咄嗟に悲鳴が出そうになる。かろうじて手で口を押さえ堪えた。

（来ないで！　私に近づかないで！）

「たすけて……」

その時、低く鋭い声がした。

「ピガット侯爵子息。私の婚約者に何か用だろうか？」

カルロだ！　声が聞こえたのと同時に、ロゼリアの目の前には大きな背中が現れる。カルロはステファノから隠すようにそして守るようにロゼリアの前に立った。そして後ろ手でロゼリアの手を握る。ステファノの姿が彼の背に遮られ見えなくなり、また彼の手に触れていることで幾分落ち着き息ができるようになった。だが震えはまだ治まらない。

「ダンスを誘っただけ……今何と？　お前がモンタニーニ公爵令嬢の婚約者だと？」

ステファノの怪訝そうな声が聞こえる。彼はロゼリアが婚約したことを知らないようだ。

「そうだ。先日、私は正式にロゼリア嬢と婚約した。私は狭量で自分以外の男が彼女とダンスをすることを許せそうもない。ダンスの誘いは遠慮してもらおうか」

「そ、そんな話は聞いていない！」

ステファノは苦々しく吐き捨てるとその場を去った。カルロは振り返るとロゼリアの顔を心配気に覗き込んだ。そしてぎゅっと眉を寄せる。

「顔が真っ青だ。一人にして悪かった。今夜はもう帰ろう」

ロゼリアが返事をする間もなくカルロはロゼリアの震える体を抱き上げた。側にいる従者にお父様への言付けを頼む。そしてそのまま会場をあとにした。カルロの腕は力強くロゼリアを抱いて歩いても安定感がある。ドレス姿のロゼリアは重いはずなのに彼は表情一つ変えない。

ロゼリアはカルロの胸に頭を預けるようにもたれた。まだ動揺しているがカルロの体温を感じるうちに少しずつ落ち着きを取り戻す。そのまま馬車に乗り屋敷に帰ったが屋敷に着いても足に力が入らず上手く立てない。再びカルロは抱きかかえて部屋まで連れて行ってくれた。スザナの手を借りドレスを脱いで着替え、ベッドに横になる。カルロと話がしたかったので待ってもらっていた。落ち着いたところでスザナに呼んできてもらう。

「迷惑をかけてごめんなさい」

申し訳なさにしゅんと俯き小さな声で謝罪を告げる。せっかく楽しく過ごしていたのに、台無しにしてしまったことを謝りたかった。

「迷惑じゃない。ロゼリアを守るのは私の役目だ。そうだろう？　それで……ピガット侯爵子息に何かされたのか？　助けてと言っていただろう？」

カルロの声はどこか探るようだ。きっとすごく心配している。でも自分はそんなことを口走っていたのか。たぶん恐怖から無意識に出てしまった。でもステファノには何もされていない。まだ、今回は……。

「いいえ。ただダンスに誘われただけ。でもあの人が苦手で、怖くて、それで……」

苦しい言い訳だと分かっているが、他に言いようもない。カルロには一回目の人生のことを話せない。ステファノに殺されて生き返ったなんて信じられないはず。自分でも最初は信じられなかった。それに……ステファノと結婚していたことをカルロに知られたくなかった。

カルロはどこか納得していない表情を浮かべていたが、それ以上は追及しないでくれた。

「それならいいんだ。今夜は疲れただろう？　ゆっくり休んで」

カルロが帰ろうとしたので思わず彼の手を掴んでしまった。今、一人になりたくなかった。

「あの……もう少しだけ側にいて……お願い……」

カルロは驚いたように目を丸くしたが、頬を緩めると椅子に座り直した。

「では私のお姫様が眠るまで、ここにいてもいいだろうか？」

「ふふふ。私がお姫様なの？」

「そうだ。ロゼリアは私の大切なお姫様だよ」

カルロの少しだけお道化《どけ》た声に心がふわっと軽くなる。カルロは自分の首元からペンダントを取り出し、ロゼリアの掌に置いた。それを目の前にかざしてみる。丸い艶々の白い石が付いたペンダントだった。その石はどこか静謐な輝きを放っているように感じた。

「とても綺麗な石ね。これは？」

「私のお守りだ。母からもらった物だがこれからはロゼリアのお守りにして欲しい」

カルロのお母様の形見？　それならばきっと彼の宝物だ。

「えっ？　駄目よ。そんな大切な物、もらえないわ」

「いいんだ。私はこのお守りでもう、十分守ってもらった。だからこれからはロゼリアに持っていて欲しい。きっとあなたを守ってくれるだろう」

「本当に？　いいの？」

「ああ」

カルロが優しく頷く。

「ありがとう。大切にするわ」

ロゼリアは首を浮かせペンダントを着けた。申し訳ないとは思ったがそれ以上に彼の気持ちが嬉しい。このペンダントは不思議と身に着けているだけで心が強くなれそうな気がした。

「さあ、眠って」

優しい声でそう促すとカルロは手を握ってくれた。

「うん」

カルロの大きな手に包まれているとさっきまでの恐怖が消えていく。彼の体温に安心して目を閉じるといつの間にか眠っていた。

翌朝、目を覚ましたロゼリアは昨夜のことを思い出し、ベッドの上で悶えた。

「は、恥ずかしい‼」

怖い思いをした反動ですっかりカルロに甘えていた。つい帰らないで欲しいなんて引き留めてしまった。しかも安心して朝までぐっすり眠ってしまい、いつ彼が帰ったのかも知らない。呆れているかもしれない。でも……「お姫様」と言ってくれた。くすぐったくて面映い。お父様やお母様からお姫様と言われていたのとは全然違う。もっと特別な存在になった気がする。キラキラした気持ちになる。

「でも……自分でもあれほど動揺するなんて思わなかった」

夜会でステファノに会っても、やり過ごせると思っていた。今回の人生では一度も会う機会がなかった。もちろん避けていたからだけれど、もう彼と会うことはないと勝手に思い込んでいた。カルロとのダンスで浮かれていて油断したのもいけなかったのだ。自分がこんなに弱いことにもショックを受けた。

ステファノは社交界で美貌の貴公子と女性から人気だ。アイスブルーの髪や青い瞳は美しくサファイヤのようだと賞賛されている。だが今のロゼリアには安っぽいガラス玉にしか見えない。カルロの漆黒の髪の方が断然素敵だ。神秘的でずっと見ていたくなる。漆黒の瞳はロゼリアを守るオニキス。もしくは美しいブラックダイヤモンド。何色にも染まらない絶対的な存在感があって、ロゼリアの全てを包み込んで守ってくれる。

実はカルロに夜会のエスコートをしてもらうことが決まった時、ロゼリアはお父様に宝石を強請《ねだ》った。

「宝石？　ロゼリアが珍しいな。オニキスが欲しいのか？」

「カルロの瞳と同じ色のアクセサリーが一つ欲しくて、いいですか？」

「ははは、分かった。すぐに宝石商を呼ぼう」

お父様は冷やかすような表情を浮かべた。ロゼリアは目を逸らし照れくささを誤魔化した。

自分でもカルロと婚約してから地に足が着いていない感はあった。ずっと浮かれている。彼のことを考えるだけでにやけてしまうほど。これが恋をするということかもしれない。彼を独占したくて、そして独占されたくなる。

宝石商は黒い宝石を揃えてくれていた。ロゼリアはカルロのイメージであるオニキスのブレスレットを選んだ。ホクホクと腕に着けている間に、お父様は追加でネックレスとイヤリングを購入していた。

「ロゼリア。着けてみなさい。これも似合いそうだ」

「えっ！　素敵だけど……すごく高そうだわ」

天然のブラックダイヤモンドだった。輝きがすごい。上品なデザインでその価値に手が震える。

「モンタニーニ公爵家の娘ならこれくらい当然だ。それにこれを着ければカルロも喜ぶのではないか？」

カルロが喜ぶ？　それなら欲しい！　早速着けて鏡を覗く。イヤリングが耳元でキラキラと揺れる。ネックレスも素敵だった。

（カルロの色……嬉しいわ）

「よく似合っているぞ」

「ありがとう。お父様」

そのことをカルロに会った時に話したら、その宝石はカルロからプレゼントしたいと言い出して、結局カルロに買ってもらった。それが昨日の夜会で着けていた物だ。そのブラックダイヤモンドも大切な物だけれど、昨夜カルロからもらったペンダントも大切なお守りだ。彼のお母様の形見。きっとこのお守りのおかげで悪夢を見ずに済んだ。

朝食を終えてしばらくするとスザナが言った。

「お嬢様。湯浴みの準備ができましたよ」

「ありがとう、スザナ」

出来る侍女は何も言わなくてもロゼリアの望みを先回りしてくれる。

昨夜は湯浴みをし損ねてしまった。朝起きて顔色がよくなったことを確認できたので、スザナが湯浴みの許可をくれた。別に病気になったわけではないが、スザナが心配するほど酷い顔色だったらしく湯浴みを終えるとベッドに逆戻りをさせられた。

「もう元気なのに……」

「駄目です！　昨夜はすごく心配したのですよ。今日は一日安静にしていて下さいね」

「はい」

ちょっと大げさだと思ったがスザナの強い口調に従うことにした。本当に大丈夫なのだが疲れてはいるので甘えてしまおう。眠くないのでベッドボードにもたれてゆったり本を読んでいると、スザナがカルロの来訪を告げる。

「カルロが来てくれたの？　部屋に来てもらって！」

カルロは手に白薔薇と可愛い籠を持っていた。

「ロゼリア。体調が悪いのか？」

カルロはベッドにいるロゼリアを見て顔を曇らせた。

彼に心配をかけてしまった。何も考えずにそのまま部屋に来てもらったが、ロゼリアはお化粧もしていなければ、気軽な部屋着だ。全然お洒落じゃない。彼には可愛いところだけを見て欲しかったのに失敗した。

「あの……。体調は大丈夫なの。心配したスザナが安静にって強引に。それよりもこんな格好でごめんなさい。お化粧だってしていなくて……。淑女らしくないわ。なんだか恥ずかしい……」

羞恥で赤くなった顔を見られたくなくて俯くと、カルロはロゼリアの顔を覗き込んだ。

「確かに顔色はよさそうだ。それに素顔のままも可愛いから気にすることはない」

カルロはホッとした表情になる。

「か、可愛い……?」

さらっと彼の口にした言葉にロゼリアの顔はさらに赤くなる。カルロは気にした様子もなく続けた。

「体調が大丈夫なら一緒にお茶をしてくれるか?」

嬉しい提案に恥ずかしさも吹き飛んだ。

「ええ、もちろん！　今支度をさせるわ。スザナお願い」

「はい。少々お待ち下さいませ」

ロゼリアはベッドを下りようとしたがカルロに止められた。彼は椅子を側に持って来て座った。

「ロゼリアはそのままベッドに」

カルロもスザナと同じように過保護だ。でも素直に従った。

「昨日はありがとう。カルロがいてくれて心強かったわ。お守りのペンダントもありがとう。おかげでぐっすり眠れたのよ。それでカルロ、お仕事は大丈夫なの？」

「それはよかった。仕事は……まあ、大丈夫だろう。部下が何とかしてくれるさ。ロゼリアが心配で顔だけでも見たいと思って寄ったんだ」

「まあ！」

真面目なカルロの軽口に思わず笑ってしまった。でも自分を優先してくれたんだと感激した。

彼から受け取った白薔薇はいつも通り部屋の花瓶に飾られた。彼は持って来ていた籠をサイドテーブルに置く。

「それは？」

「来る時に通りがかった菓子屋で買ってきた。ロゼリアの好みの物があるといいが」

籠の中には焼き菓子がたくさん入っている。スザナがサイドテーブルにお茶を置くと、カルロは菓子を一つ取りそれをロゼリアの口元に運んだ。

「えっ‼」

「どうぞ？」

イタズラをする少年のようなワクワクした表情でロゼリアを見ている。断れない空気を感じ羞恥心と戦いながら口を開いて食べさせてもらう。恥ずかしいけれど、美味しい。バターの香るクッキーをサクサクと咀嚼《そしゃく》する。カルロが懐かしそうな顔をしている。

「どうしたの？」

「いや、昔、ロゼリアにスープを飲ませてもらったのを思い出したんだ」

そういえばカルロを看病した時にスープを飲ませたことがあった。あの時とは立場が逆だ。でもロゼリアは必死だったし良かれと思っていた。今思えば大胆なことをしたと思う。まさか数年後に逆の立場になるなんて想像もしなかった。

「なんだか恥ずかしいわ」

「私もあの時は恥ずかしかったんだ」

自分が経験して初めて分かる。カルロは何かに気付くとロゼリアの口元に手を伸ばし、指でそっと触れた。

「っ！」

彼の指が少しだけ唇に触れてドキリとした。それなのにカルロは平然と笑っている。

「クッキーのかけらが付いていたよ」

「もう、言ってくれれば自分で取ったのに！」

「ははは。食べさせるのって楽しいな」

カルロが肩を揺らして笑っている。随分とご機嫌だ。クッキーのかけらはカルロが食べてしまった。何と言ったらいいのか……。カルロが笑うと漆黒の髪がサラサラと揺れつい見惚れてしまった。

カルロがあまりにも楽しそうなので拗ねているのが馬鹿らしく思えた。ロゼリアも手を伸ばしクッキーを取ると、カルロの口元に差し出す。

（反撃よ！　彼にこの恥ずかしさを思い知らせるのよ！）

「どうぞ？」

「ありがとう」

ロゼリアの予想に反してカルロは照れることなく、平然というかむしろ嬉しそうにそれをぱくりと食べ咀嚼する。そしてニコニコと笑っている。これではまったく反撃になっていない。

（もしかして喜ばせただけなのかしら？　なんだか負けた感じがする）

ふと視線を感じそちらを見ると、後ろで控えているスザナが呆れたような目で見ていた。私たちは正式な婚約者なのだからイチャイチャしてもいいはず、と心の中で言い訳をした。

◇◇◇

カルロがお見舞いに来てくれてから十日が経った。彼は今とても多忙でしばらく会えそうもない。我が家への婿入りのために騎士団を辞めるので引継ぎがあるからだ。それでもカルロからは定期的に白薔薇が届けられているので寂しくない……というのは嘘で本心では会いたいと思う。でも仕方がないと自分に言い聞かせた。ロゼリアもしっかり仕事をしようと書類に目を通しているると部屋に執事が来た。そしてにこやかに告げる。

「お嬢様。カルロ様がお見えです」

「えっ？　今日は来る予定はなかったわよね？」

予定にない来訪に驚きつつも慌てて玄関に向かう。

「カルロ。どうしたの？」

「ロゼリア。急にすまない」

「いいえ。会えて嬉しいけれど、何か急用が？」

カルロの顔を見上げると熱を帯びた瞳がロゼリアを見下ろす。

「ああ、ロゼリアに会いたかった」

「えっ⁉」

それは急用？　と疑問に思うよりも早く、カルロはロゼリアをふわりと優しく包み込むように抱きしめた。驚いたがもちろん嫌じゃない。おずおずと彼の背中に手を回す。彼の体は鍛えられていて大きな背中だと感嘆してしまう。彼が腕を解くと名残惜しくなりロゼリアの眉は勝手に下がった。その表情を見ていたようで彼が頭上でくすりと笑う。

改めてカルロの顔を見ると少しやつれている。シャープな顔がいっそう際立ち目の下には隈がある。明らかに疲労が濃い。仕事が忙しいとは聞いていたが、思っていた以上のようでこれでは体が心配になる。

「体は大丈夫なの？　とても疲れているように見えるわ。あなたと会えるのは嬉しいけれど、ここに来る時間を休息に充てた方がいいと思う。結婚する前にカルロが倒れてしまったら悲しいわ」

「大丈夫だ。これくらいで倒れたりしない。それにロゼリアの顔を見たら回復した。会いたかったんだ……」

絞り出すような声に彼の想いを感じる。胸が切なく高鳴る。ロゼリアだってカルロと会いたかった。

「私も会いたかった」

カルロはロゼリアの手を取り掬い上げるとその指先に口付けをした。指先から全身に熱が伝播する。騎士であるカルロに対し武骨なイメージを持っていたが、彼は甘い態度を出してくれることが多い。嬉しいが……慣れているのだろうか？　以前に恋人がいてその人にもしていたとしたら。想像するだけで悲しくなりそう。

「どうした？」

カルロはロゼリアがモヤモヤしていることをすぐに察知してしまう。ロゼリアの感情に敏感だ。だから隠すことをやめた。

「慣れているように見えたの……」

「何がだ？」

心底不思議そうな顔だ。

「その、今の口付けが……」

カルロは目を細めて笑う。

「慣れているわけではないよ。私は令嬢に対するマナーがなっていなくてな。マッフェオ公爵子息にご教授願った。奥方を口説いた時のコツを伝授してもらったからその成果だな」

マッフェオ公爵様は騎士団長でご子息も騎士団に所属されている。カルロの上官で辺境での戦争の時に共に戦ったと聞いていた。

「まあ」

カルロはロゼリアのために知らないところですごく努力をしてくれていた。疑って申し訳ないと思いつつ感激が胸に押し寄せる。

「今日は会いたいのもそうだが伝えることがあって来た。実は一度、辺境まで行くことになって二週間は戻れない。結婚式の準備が進められなくてすまない。できるだけ早く戻るから待っていて欲しい」

辺境まで往復して仕事を済ませ二週間で戻るとなるとかなりの強行軍で負担が大きい。

「辺境まで？　式の準備よりカルロの体が心配だわ。どうか、気を付けて行って来てね。待っているわ。あとちゃんとお食事はしてね！　あっ！　念のためにお薬も持って行った方がいいわ」

「ああ、分かった」

カルロは笑いながら頷いてくれた。きっと心配性だと思っている。でも婚約者を心配する権利が私にはある！　と心の中で叫んだ。

ロゼリアはスザナに傷薬や腹痛薬さらに頭痛薬を用意してもらった。使わずに済む方がいいけれど万が一ということがある。カルロには苦しい思いをして欲しくないもの。

カルロはすぐに行ってしまった。別れると途端に寂しくなる。でもロゼリアとの結婚のために頑張ってくれているのだから、我儘は言えない。せめてロゼリアができる準備だけでも進めよう。

部屋に戻ると白薔薇の香りを思いっきり吸い込んで気合を入れた。

ロゼリアは以前から公爵家の仕事を手伝っていたが、今は本格的に引継ぎ中だ。お父様は焦らなくていいと言ってくれるが、結婚後のカルロの負担を減らすためにもできるだけ覚えてしまいたい。

部屋に戻ると先ほどのことを思い出し一人、顔を赤くし両手で顔を覆った。抱きしめてもらった。それに拗ねたり甘えたりカルロにすっかり心を預けている。彼には本音を躊躇《ちゅうちょ》することなくさらけ出せる。それは彼がロゼリアを否定しない、拒絶しないと確信しているからだ。ステファノの時は縋るばかりで心を開いていなかったような気がする。彼に嫌われたくなくて、見捨てられたくなくて常に顔色を窺い彼の望み通りに振る舞っていた。あれは対等な関係ではなかった。ロゼリアは自分が愛されていないことを心のどこかで気付いていたのだ。

カルロと再会してから何もかもがいい方向へと進んでいる。彼はまさにロゼリアの騎士様で守護者《ガーディアン》だ。

十日後、ロゼリアは王都のモンタニーニ公爵家直営の薬屋へ納品のために向かった。スザナには家の用事を頼んだので今日は一人で行く。スザナは心配したが慣れているしすぐに帰ってくるからと納得させた。屋敷からも遠くなく行き慣れた場所だ。

「店長。お疲れ様です。お薬で不足している物はあるかしら？」

「ロゼリア様。それでしたら風邪薬の追加をお願いします。最近風邪が流行り始めているので、在庫を多めに確保した方がいいと思います。腹痛の症状も一緒に出ているようなのでその薬もお願いできますか？」

「そうね。今回持ってきた分では足らなくなりそうね。お父様に頼んで早めに領地から送ってもらいましょう」

「はい。お願いします」

在庫の確認や売り上げの書類に一通り目を通し終えると馬車に乗る。帰る前に果物屋さんに寄ることにした。今年は林檎が豊作だと聞いている。旬で甘くて美味しい。結婚式の準備で屋敷中が忙しくなってしまったので、使用人を労うために買うことにした。

店の前に数台馬車が止まっており我が家の馬車を止めるところがない。御者に離れた場所に止めてもらい店まで歩くことにした。

「こんにちは」

「いらっしゃいませ。ロゼリア様。今日は何をご用意致しましょうか？」

常連なので店主はロゼリアの顔を見ると笑顔で出迎えた。

「林檎はたくさんあるかしら？　甘いのがいいわ。あと、アップルパイにも使いたいの」

「かしこまりました。あとでお屋敷にお届けしましょう」

「ええ。お願いね」

注文を終えると店を出て馬車に向かおうとした。さっきまで店から見える位置にいた馬車がそこに止まっていない。きょろきょろと探す。御者はどうしたのか。とにかく元の場所まで歩いて行ってみることにした。

少し歩いたところで突然腕を掴まれ引っ張られた。何が起こったのかすぐに理解できず、気付いた時には行き止まりの路地へ突き飛ばされていた。

「さすが貴族のお嬢さんはお綺麗だな」

(これは、前回もあった‼)

薄汚い格好をした破落戸だ。男が三人、薄ら笑いでロゼリアを見ている。恐怖で体が竦む。

前回はステファノに助けられた。それで彼に感謝をして好意を寄せてしまった。二度目でもやはり恐ろしい。未来は変わったのになぜ同じことが起こっているの？　それでも男たちに弱気を見せまいと虚勢を張る。

「そ、そこをどいてちょうだい」

「随分気の強いお嬢さんだな。まあいい。金を出せ」

お金を渡したら解放してくれるのだろうか。躊躇すれば後ろから声がした。

「おい！　お前たち何をしている」

若い男の声だ。この声は――。

「チッ。見つかったか。ずらかるぞ‼」

破落戸は呆気なく逃げていく。不自然なほどあっさりと引き下がる。声をかけた男がこちらに来る。男と逃げていく破落戸はすれ違い様に目配せをしているように見えた。

「大丈夫ですか？」

足早にこちらに来たのは思った通り……。

「モンタニーニ公爵令嬢でしたか？　もう大丈夫ですよ。立てますか？　手を貸しましょう」

「ピガット侯爵子息……」

優雅に手を差し出したのはやはりステファノだった。己の美しさを誇るような表情でアイスブルーの髪を揺らしている。彼は細身で明らかに軟弱そうだ。破落戸三人を相手にしてステファノが勝てるはずがない。ロゼリアはこの瞬間、一回目の人生での出来事も含めて腑に落ちた。

(偶然なんかじゃない。これは茶番だ!)

まだステファノに対して恐怖心はある。でもそれ以上に一回目の人生でまんまと騙された自分自身に怒りを覚える。ロゼリアは彼の手を取らずに、何とか自分で立ち上がった。

(怯んじゃ駄目よ!)

こんな卑怯な男に負けたくない。だって今カルロはいない。自分でどうにかしなければ。無意識にカルロからもらったペンダントを握りしめた。

「いいえ、大丈夫です」

震える声でステファノの手を拒むと、一瞬だけ不快そうに口を歪めた。その表情こそステファノの本性だ。だがすぐに取り繕うようにステファノは笑みを向け口を開き何かを言おうとした。

その瞬間――。後ろから大きな声がした。

「おい。お前‼」

ロゼリアたちはそちらに顔を向ける。そこには二人の騎士がいて破落戸を捕まえていた。一人の騎士がこちらへ来る。「馬鹿な……嘘だろ」とステファノの呟きが聞こえる。ロゼリアは手で胸をぎゅっと押さえた。よかった。偶然通りかかった騎士様が見つけてくれた。

「こいつらはお前に依頼されたと言っている。詳しい話を聞かせてもらおうか」

ステファノは明らかに動揺を見せる。顔色は土色になり視線を彷徨《さまよ》わせる。

「違う‼　し、知らない。私は知らない。そんな破落戸たちの言葉を信用するのか？　私はピガット侯爵家のステファノだ。お前たちは平民だろう？　無礼は許さない！」

身分を利用して逃れようとしている。すると後ろから威圧感のある低い声がした。

「ピガット侯爵子息。またあなたか？　私の婚約者に関わらないでもらおうか」

長身の逞しい体と黒いサラサラの髪が視界に入る。

「カルロ？」

大股で歩いてきたのは辺境にいるはずのカルロだった。カルロがここにいることに驚くよりも、安心する気持ちが勝った。彼は当然のようにロゼリアの隣に立った。そして彼の腕がまるでロゼリアを守るように力強く腰を抱いて支えてくれた。「カルロが来てくれた」そう思ったら瞳が潤んで涙がこぼれそうになった。

「お前……なんでいるんだ？　馬鹿な。辺境にいるはずじゃあ……」

「ピガット侯爵子息。あなたには詳しい話を聞く必要がありそうだ。グイリオ、この男を連れて行け。私はロゼリアを送ってから戻る」

「はい。隊長」

先ほど声をかけてくれた騎士が喚き散らすステファノを無理やり引きずって連れて行く。

「ロゼリア、大丈夫か？」

カルロはロゼリアの頬に手を当て、心配そうに見つめる。ステファノの声を聞いた時は怖くて全身が冷たくなったが、今はカルロの手から体が温まっていく。

「大丈夫よ。助けてくれてありがとう。でも予定より早く辺境から戻れたの？」

「ああ、優秀な部下に押し付け……任せて切り上げて来た。あとで文句を言われそうだが、ロゼリアを守れたのなら、いくらでも文句くらい聞くさ」

カルロは肩を竦めて笑った。

「部下の方には申し訳ないわ。でもカルロが来てくれてよかった。そうだ。送ってくれなくても平気よ。御者がいるはず。あなたはお仕事に戻って」

これ以上迷惑をかけたくないのに、カルロは駄目だと首を振る。

「御者も部下に捕らえさせた。ピガット侯爵子息と繋がっている可能性があるんだ」

「なんですって⁉」

信じられなかった。御者は我が家に長く仕えてくれていた人なのに、裏切っていたなんて。でも一回目の人生の時からのことも含めて思い返せば、不自然な行動に心当たりがある。今だって黙って馬車を移動していた。そしてロゼリアを探しにも来なかった。その事実に青ざめ言葉も出ない。

カルロはロゼリアを安心させるように強く抱きしめた。それでロゼリアは自分の体が震えていたことに気付く。彼の手が宥めるようにロゼリアの背を優しく撫でてくれた。その大きな手に少しずつ落ち着きを取り戻す。

「だから私に送らせてくれ。そうでないと心配で仕事が手につかない。馬での移動ですまないがここからなら公爵邸まですぐだ」

「ええ。お願い」

素直にカルロに送ってもらうことにした。帰宅してお父様に報告すると、お父様も御者の裏切りに驚き憤っていた。

翌日、カルロがグイリオと呼んだ騎士様がステファノのことを説明しに来てくれた。カルロは辺境での仕事を切り上げた分、忙しくて来ることができないそうだ。

「ピガット侯爵子息が男たちを雇ってロゼリア様を襲わせようとしたのです。あくまでも脅しだけで、そこを助けてロゼリア様に近づくつもりだった。彼はロゼリア様に婚約の打診をしていたそうですね？　断られても諦められなかった。だから恩を着せて縁を結ぶことを画策したのでしょう」

「ピガット侯爵家から婚約の打診？」

聞いていない。問いかけるように視線を向けるとお父様はゆっくりと頷いた。

「ロゼリアがカルロと婚約したあとも、ピガット侯爵子息からは何度も打診が来ていた。自分の方が相応しいとな。だが私の独断で断っていた。彼にはよからぬ噂があったのでロゼリアに近づけたくなかったのだ」

ロゼリアはステファノの良い評判しか聞いたことがなかった。

「どんな噂なのですか？」

　それにはグイリオさんが教えてくれた。

「金遣いが荒いのは有名ですね。まあ、自尊心の強い貴族なら珍しくないのですが、ピガット侯爵子息は大のギャンブル好きで、文官として働いていた時は公金に手をつけて問題になったのです。本来ならクビですがピガット侯爵がもみ消した。とんでもない醜聞《しゅうぶん》ですからね。侯爵家でも厄介者で持て余していた。そこでどこかの家に婿入りさせたいとロゼリア様に目をつけたそうです。今回のことは侯爵自身も手を貸した。ピガット侯爵子息は闇カジノにまで手を出し借金まみれで焦っていたのです。それと御者も買収して計画を手助けするように指示をしていました。御者とは闇カジノで知り合ったそうです」

　彼にはそんな裏の顔があったのか。もしかしたら一回目の時もお父様は、その噂を知っていて反対したのかもしれない。あの時もちゃんとロゼリアを心配してくれていた。それを今知った。ロゼリアは何にも分かっていなかったのだ。

　ふと気になってグイリオさん聞いた。

「そういえばあの時はちょうど巡回中だったのですか？　偶然とはいえ本当に助かりました。ありがとうございます」

　するとグイリオさんは頬をポリポリと掻きながら言い淀んでいる。

「う～ん。実は偶然ではないのです。本当は隊長には口止めされているんですが、言っちゃいますね。隊長に頼まれてロゼリア様の外出の際はこっそり護衛をしていました。数人で非番の日に見回る感じです。よほどロゼリア様が心配だったのでしょう。辺境から馬を飛ばして戻って来たようですよ。俺たちも隊長には幸せになって欲しいので喜んで引き受けたのですが、隊長からは報酬も頂いているのでいいアルバイトになりました。いらないと言ったのですが納得して下さらず、甘えさせてもらいました。あの……ロゼリア様。どうか隊長をよろしくお願いします。俺たちにとって隊長は恩人で尊敬する上司なんです」

他人からカルロがロゼリアを思っていることを聞かされるとものすごく恥ずかしい。顔が赤くなっているに違いない。でもカルロを慕い思ってくれている人がいると知って嬉しい。

「そうだったのですね。ありがとうございました。それとカルロのことは任せて下さい」

「あと公爵様とロゼリア様にもお礼を言わせて下さい」

「？　何のお礼ですか？」

ロゼリアはお父様と目を合わせ首を傾げた。助けてもらったのはロゼリアの方だ。思い当たることがない。

「公爵様は十年前に病気が流行した時に、お金の払えない平民にも薬を分けてくれました。私の家族はそれで助かったのです。何しろ対価は道で拾ったどんぐりですよ。それでもいいと許してくれました。恩人です。貴族様が平民を見捨てていないとすごく救われたのです。それにロゼリア様は自ら店に出て下さっている。以前、近所のリリーという子がロゼリア様から直接薬をもらったと誇らしそうにしていました。彼女の母親もすっかり元気になって感謝しているんです」

リリーの母親のことは気になっていた。密かに薬屋の店長が確認して元気になったと報告をもらっていたので知っていたが、敢えて知らない振りをした。

「リリーのお母様は元気になったのね。よかったわ」

ロゼリアはお父様と微笑み合った。私たちのしてきたことは実を結んでいた。「病気がよくなった。助かった」とその言葉を言われることが、こんなにも嬉しい。お父様は少し照れた様子で「そうか」と呟いた。

グイリオさんは笑顔で帰っていった。

カルロは騎士団で慕われていた。きっと異国の出身であることで風当たりが強いこともあったはず。それでも彼の真摯な行動が人を引き付けたのだと思う。恩人と言っていたのでグイリオさんもカルロと前線に行っていたのかもしれない。カルロの勇敢さは誇らしいが、もう危険なことはしないで欲しい。

今回もロゼリアはカルロに守ってもらった。今度はロゼリアがカルロを幸せにする番だ。うん。二人で幸せになる！　改めて心に誓う。部屋に飾られている白薔薇を見つめてカルロを思い浮かべた。

ステファノの出来事から数日後、仕事が落ち着いたカルロが屋敷に来た。

「カルロ！」

ステファノの件の事後処理もしていたそうで、目の下の隈が濃くなっている。食事はちゃんと摂れていたのか心配になる。

「ロゼリア。会いたかった」

カルロの切なげなかすれた声に胸がいっぱいになる。

カルロはロゼリアをぎゅっと抱きしめた。ロゼリアの首元にカルロが顔を埋める。切なそうなため息が聞こえた。カルロは心配性だと思っていたが、夜会でステファノに絡まれて以来、酷くなっている気がする。

「私もよ。そうだ。グイリオさんから聞いたわ。私をずっと守ってくれていたのね」

明るい空気にしたくて茶化すように言った。カルロは体を離すと少しばつが悪そうな顔になる。

「ああ、その、相談もなく勝手なことをしてすまなかった。不快だったか？」

「まあ！　そんなはずないわ。でもグイリオさんの話だと三人もの騎士様に護衛させるなんて、少し大げさじゃない？　まるで王女様のようよ」

「本当はもっと増やしたかったぐらいだ」

「大げさよ」

カルロはムッとして反論する。その目は真剣だ。どれだけロゼリアを大切に思ってくれているのか。多幸感で眩暈《めまい》がしそうだ。

「そんなことはない。今度は……今度こそ守れてよかった」

カルロの小さな呟きは聞き取れなかった。でも彼が心底安堵しているのが分かる。これ以上は何も言えなくなってしまった。

その後、ステファノの処分を教えてくれた。彼はカジノの借金を理由に侯爵家を放逐され平民となった。軽い罰に思えるがロゼリアに関しては未遂だったので、これ以上の罰を与えるのは難しいそうだ。我が家の御者はもちろん解雇した。

その日の晩餐はカルロとお父様と一緒にゆっくりと過ごすことができた。

しばらくするとカルロは騎士団を退団し、公爵家の仕事を学び始めた。すでに公爵家に住んでいる。いつでも会えるのが嬉しい。朝、一番に「おはよう」の挨拶をして、夜の終わりには「おやすみ」が言える。結婚式が終わるまでは夫婦の部屋は使わず、部屋は離れている。お父様がけじめだと言っていた。

とはいえ、一緒に仕事をしているので眠る時以外はほとんど側にいる。カルロは夜に部屋が離れてしまうことが寂しいみたいで、おやすみの口付けをしたあと、ロゼリアを閉じ込めるようにぎゅっと抱きしめてから「おやすみ」と言って悲しそうに自分の部屋に戻っていく。その大きな後姿に哀愁があってなんとも愛おしい。おかげでロゼリアは寂しく感じる暇がない。

カルロは時折迷子のような目をする。彼が一体何を不安に感じているのかは分からない。聞いても「何でもない」と言われてしまう。だからロゼリアはカルロの手をぎゅっと握る。「私はここにいるよ。安心して」そう伝えたくて。今まで、たくさん助けてもらった。支えてもらっている。だから今度はロゼリアの番。

いつか、彼の心の中にある不安をロゼリアが解き放つことができたらいいなと思っている。

◇◇◇

私たちは一年後、予定通りに結婚式を挙げた。カルロは騎士団を辞めたので軍服ではなく銀色のタキシード姿だ。漆黒の髪と瞳に映えてよく似合っていた。何を着ても凛々しい姿に頬が緩む。

「私の旦那様は世界一素敵だわ」

「私の花嫁には敵わないよ。とても綺麗だ。ロゼリア」

この日のために作った純白のウエディングドレスは、ドレス工房が腕によりをかけて素晴らしいバラの刺繍を施してくれた。白銀の糸が光に当たり薔薇の形が浮かび上がり美しく輝く。ベールにも同じように刺繍があしらわれている。まるで白薔薇が咲き誇っているように見える。

「この姿をアレッシアにも見せてやりたかったな」

ロゼリアの姿に感激し涙ぐむお父様につられ、ロゼリアも泣いてしまった。でもきっとお母様は見てくれていると思う。そこにはカルロのご両親も一緒にいるはずだ。そして「おめでとう」と祝福してくれている。

隣にいるカルロは見たことがないほど優しい瞳でロゼリアを見ている。

今日、心から神様に感謝した。ロゼリアに二度目の人生とカルロというかけがえのない伴侶をお与え下さった。もう、彼がいない人生など考えられない。

ロゼリアはカルロと生涯を共に歩む。病める時も健やかな時も、たとえ苦難があったとしてもきっと二人なら乗り越えられる。

愛する人との生活に、幸せの予感が胸いっぱいに溢れてくる。

厳かな教会の静謐な空気の中、誓いの言葉を告げたあと彼は薔薇の刺繍のベールをゆっくりと持ち上げた。そしてロゼリアに優しい口付けをそっと落とす。

彼と見つめ合うこの時、世界中の幸せを独り占めしたような気持ちになった。

「ロゼリア。愛している」

「私もカルロを愛しています」

二度目の人生は幸せになる、きっとそのために私は生き返ったのだ。

第四章　それぞれの思惑と末路（一度目の人生）

〈ジェンナ〉

私はダマート子爵家の一人娘ジェンナ。爵位は低いがそれなりに裕福な生活をしていた。両親に愛され専属の侍女や子守がいた。豪華な食事をして好きな物を買ってもらっていた。頭も悪くない。何よりも私は可愛い。明るいオレンジ色の髪にガーネット色の瞳、やや童顔で目がぱっちりとしている。笑顔は最高のお化粧よという母の教え通りに、無邪気な笑顔を振りまけば男性たちからチヤホヤされた。これだけ可愛ければいずれ素敵な男性に見初められるかもしれない。そんな夢を見ながら幸せな日々を過ごしていた。

密かに見初めてくれそうな子息の候補には心当たりがあった。ピガット侯爵家のステファノだ。私の母の妹である叔母はステファノの乳母をしていた。お使いで叔母に会いに行けばステファノが声をかけてくれる。一緒に遊ぶこともあったし、高級なお菓子をくれることもあった。ステファノは澄んだ青い瞳にアイスブルーの髪を持つとても綺麗な男の子だった。いつだって優しくしてくれる。きっと彼は私のことが好きなんだと思っていた。

私が十二歳の時、父が友人に勧められて投資に手を出した。お金を預けたその友人は消えた。騙されたのだ。人のいい父はその友人の言いなりになり、借金までして作ったお金を全て渡していた。すぐに借金取りが押し寄せ、どうにもならなくなり破産した。爵位を返上し平民としての貧しい生活が始まった。

　昨日までの暮らしとは一変して、風に吹き飛ばされそうなみすぼらしい家での生活は辛かった。不衛生で毎日お腹が空いて眠れない。両親は一生懸命働いたが、慣れない仕事と貧しい暮らしに体調を崩した。そしてその年に流行した病に罹患した。モンタニーニの薬屋で薬をもらうことはできたけれど、栄養失調ぎみだったことで二人は呆気なく亡くなった。

　私は悲しみより怒りを抱いた。両親は優しい人たちだった。こんな死に方は間違っている。どうして誰も助けてくれないのか。世界中の全てが憎かった。でも自分には何もできない。私は参列者のいない寂しい葬儀を終えると、ピガット侯爵家で働いている叔母を頼った。叔母は両親に手を差し伸べてはくれなかった。自分の生活だけで大変だから助けることはできないと、冷たく突き放した。そのことで罪悪感があったのだろう。渋々ではあるが孤児となった私を、侯爵様に頼んで下女として住み込みで働けるように口を利いてくれた。

　働けることが決まると密かにあることを期待した。不幸な私をステファノが救ってくれる。そう、両親を亡くした憐れな少女が裕福で素敵な男性に見初められ幸せになる物語のように。だが彼は平民になった私に目もくれなかった。ピガット侯爵家の人間は選民意識が強い。平民となった私は何の価値もなく敗者であることを思い知らされた。ただ可愛いだけでは駄目なのだ。物語のようなことは起こらない。幸せは自分の手で掴むしかないのだ。

「いつかこの生活から抜け出してやる！」

　そう心に強く誓った。

私は必死で働いた。仕事を覚え使用人仲間には腰を低く接し、好感を持たれるように努力をした。貴族だったことのプライドなんてさっさと捨てた。そんなものあっても役に立たない。私の働きぶりは認められ下女からメイドへ、しばらくするとステファノ付きの侍女になった。

ステファノに対しての幻想はすでに持っていない。彼は王子様などではなく傲慢でナルシスト、そして金にだらしない最低な男だと知っている。

彼は賭博にのめり込んでいる。特にポーカーが好きだ。負け負け負け、そして勝ちがくる。自分は強いと勘違いしているが、私から見れば彼はカジノでカモにされている。勝ったと浮かれているが、金額を見れば大きく負けて借金が増えている。勝ちに気を取られ負けたことを理解していない。借金は勝ちさえすればどうにでもなると安易に考えている。自分の実力を過信している愚かな男。

外面のいい彼は社交界で人気だが特定の恋人はいない。いずれどこかの金持ちの家に婿入りすることを望んでいる。その時のために醜聞には用心していた。

ある日、ステファノは私に手を出した。娼館に行くお金があればカジノに行きたいのだろう。私の存在はちょうどよかったのだ。私は平民になったことで貞操にこだわらなくなったので受け入れた。ただし見返りを求めた。

「宝石が欲しい？」

「ステファノ様が購入されている絵画の方が、宝石よりもずっと高額です。それに比べればたいした額ではありません。もちろん大きな石でなくてもいいのです」

「まあ、そのくらいならいいか」

私にとって宝石は豊かさと幸せの象徴だ。宝石があると心が満たされる。何かあれば売ってお金に換えることだってできる。ステファノはカジノで大きく勝った時はそれなりの宝石をくれた。それを受け取る度に私は心の中で自嘲した。愛してもいない男と関係を持ち、その代償に宝石を受け取る。キラキラ光る石に見惚れていても無性に虚しくなる。本当の意味では心は満たされなかった。

もし父が騙されなければ、没落しなければ、傅《かしず》く生活ではなく、傅かれる生活を送っていたのに。

ある日、ステファノに呼び出された。

「モンタニーニ公爵家のお嬢様の侍女になれですって?」

「ああ、あの家に婿入りしたい。手を貸して欲しい」

ステファノは文官として働いていたが、賭博の借金返済のために公金に手を付けたことが発覚し、クビになった。侯爵様が尻ぬぐいをしたようだが、平民となって家を出るか、自分で婿入り先を探すように迫られたらしい。よほどピガット侯爵様はお荷物をどうにかしたいのだ。まあ、それは理解できる。

ステファノはモンタニーニ公爵令嬢に目をつけた。世間知らずのお嬢様なら自分でも落とせる自信があるらしい。だがモンタニーニ公爵家で働いても私にメリットはない。ピガット侯爵家では信頼を手に入れ、それなりの給金ももらっている。それ以上の待遇でなければ意味がない。

「それ、私にメリットがあるの？」

「未来のモンタニーニ公爵の愛人だ。生活は安泰で贅沢ができるぞ。ジェンナ専用の屋敷だって用意してやる。もちろん宝石だって好きなだけ買ってやる」

「愛人ねえ……」

日陰で生きるのは今と変わらない。でも、公爵の愛人なら生活はグンとよくなる。侍女として一方的に奉仕しなければならない生活からは解放される。欲をかきすぎてはいけない。

「頼むよ。ジェンナ」

「まあ、いいわ」

ピガット侯爵様も賛成しているそうだ。ステファノが婿に行けばお荷物が片付き、さらに裕福なモンタニーニ公爵家と縁が繋げる。ロゼリアに婚約者が決まってしまう前に行動を起こすことになった。まずは私が侍女として公爵家に入り、ロゼリアの信頼を得た。そしてロゼリアのスケジュールをステファノに流す。御者も協力者だ。彼とステファノは闇カジノで知り合い懇意にしているらしい。

ステファノの計画だとロゼリアが破落戸に襲われている窮地《きゆうち》を救って恩を売り、プロポーズをするそうだ。王子様気取りをしたいなんて自惚れの強いステファノの考えそうなことだ。馬鹿馬鹿しい筋書きだが、世間知らずのご令嬢相手ならきっと上手くいくだろう。結果はステファノの思惑通り事が運び彼はロゼリアと結婚した。

ところが――。

「ちくしょう！　婿入りしても全然自由になる金がない！」

　ステファノは公爵家のお金の全てを自由にできると考えていたようだ。落ち着いて考えればご当主が健在なのだから無理に決まっている。彼は婿であって当主ではない。ロゼリアだけなら適当に言い含めて金をせびれると思っていたのだ。どうやら私は乗る船を間違えたのかもしれない。

　モンタニーニ公爵は予算をきっちり決め、彼に余分な金を与えない。私から見ればそれでも大きな額を与えられているとは思うがステファノは満足していなかった。それにロゼリアはステファノに惚れているが、何でも許すわけではなく線引きをしている。意外に思ったがさすが公爵令嬢としての教育を受けているだけのことはある。

　どのみち公爵が健在のうちはお金を好きに使うことはできない。私は愛人になっても旨味がないことに気付いた。むしろ公爵に睨まれることになる。そうなれば……。引き際を考えなければならない。

「ステファノ。話が違うわ。このままあなたの愛人になったとしても、ちっとも贅沢できないじゃない」

「ああ、分かっている。だから最後の手段に出ることにした。公爵とロゼリアを葬る」

「えっ⁉」

　さすがに殺人はごめんだ。私は贅沢をして暮らしたいだけなのだ。手を汚すつもりはない。

「ジェンナ。上手くいけばお前は公爵夫人になれるんだ」

「公爵夫人？　私と結婚してくれるの？」

「ああ。ジェンナになら家政を任せられるだろう？」

「もちろんよ」

　ステファノに対して愛情はない。利益をもたらしてくれる相手だから側にいる。彼だって同じだ。ただ、お互いに利用し合っているだけ。

　ああ、公爵夫人！　なんて魅力的な響きなのだろう。私はロゼリアの仕事を側で見ていたので、ある程度は把握できている。私ならできるという自信もあった。公爵夫人になれば、今彼女の物である豪華なドレスも素晴らしい宝石も全てが私の物になる。ステファノがくれた小さな宝石ではなく、本物だと思える立派な宝石が！　それは大きな罪と引き換えにしても、甘く抗い難い誘惑だった。

　ステファノの計画は領地から戻って来る公爵を襲い、馬車の事故に見せかけて殺す。そしてロゼリアには毒を盛る。もちろん病死に見せかける。

　私はロゼリア付きの侍女になった時から、ファッションや髪型のアドバイス、流行も教えてあげた。彼女がステファノと婚約してデートに行く時には、飛びっきり可愛くしてあげた。結婚したあとも献身的に仕え続けた。私の手にかかれば野暮ったかった女が美しくなる。自分の手腕に満足したが、別にロゼリアのためにしたことではない。全ては自分のためだ。

　ロゼリアを使って流行を上手に取り入れる方法をマスターする。彼女はいわゆる練習台だ。まさか使用人である自分が社交界に出られるとは思っていなかったが、夢くらい見たい。でもそれが実現する。公爵夫人としていずれ社交界に出られるのだ。

ロゼリアの侍女として働きながら私には不満があった。彼女の選ぶ宝石は小ぶりでつまらない。公爵家の一人娘ならもっと派手で大きな宝石を選ぶべきだろう。誘導して私好みの物を購入させるようにした。だってこれはもうすぐ私の物になる。掃除をしながら耳にイヤリングを当てる。

「ああ、素敵！」私のために存在する宝石のよう。

私は絶対に公爵夫人になってみせる。どうせなら早く結婚したい。だから計画を実行する前にステファノに言った。

「ステファノ。子供ができたみたいなの。だから結婚を早めてくれる？」

「えっ⁉」

彼は狼狽し顔を青ざめさせた。

「嬉しくないの？」

「い、いや、嬉しいに決まっているよ」

顔が引きつっている。この様子だと私と本当に結婚する気があるのか疑わしい。私は妊娠を理由に結婚を急かした。ステファノは葬儀の後、早い時期に結婚すると約束してくれた。妊娠は嘘だが結婚さえしてしまえば、その後にバレても貴族は簡単に離婚できない。

ステファノは闇賭博の関係者からモンタニーニ公爵の暗殺を請け負う人間と、父親のピガット侯爵様からロゼリアに飲ませる毒を入手した。蛇の道は蛇というだけあって、悪い人間との繋がりが太い。あっという間に準備が整った。

そして実行の日が訪れた——。

モンタニーニ公爵が馬車の事故に遭い行方不明との連絡が来た。段取り通りステファノはショックを受けたロゼリアを優しく宥める。私は彼女の好きなリラックス効果のあるお茶を用意した。シュガーポットには毒入りの砂糖が入っている。ロゼリアは普段砂糖を入れないがステファノが微笑みながら入れて溶かす。私は内心呆れながらそれを見ていた。殺そうとする女によく笑顔を振りまけるものだ。ロゼリアは疑うことなく紅茶を飲み干した。異変はすぐに現れた。

「あとのことは心配いらない。だから安心して死んでくれ。ロゼリアはこのまま義父上のもとに逝くんだ。ああ！　これでこのモンタニーニ公爵家の全てが私のものだ。権力も、お金も、何もかも！」

ステファノは自分に酔いしれている。どうやら私のことを忘れているようだ。

「まあ、ステファノ。あなただけの公爵家じゃないでしょう？　私たち三人のものよ。私が公爵夫人でこの子が跡継ぎ。夢のようね」

「ああ、そうだな」

顔を引きつらせながら同意する。

「ど、どう……し……て……」

苦しむロゼリアに私は思い切り微笑んだ。

「ねえ、奥様。あなたにはこの子のためにいなくなってもらわなくては困るのです。ふふふ。大丈夫ですよ。私、きっと立派な公爵夫人になってみせますから」

私は心の底ではずっとロゼリアを妬んでいた。没落して貧しい生活から抜け出すために使用人として働いてきた。でも私だって貴族だったのよ！　可愛いと評判で没落さえしなければ、きっといい結婚相手が見つかった。ステファノのようなクズではなく素敵な人と巡り合えたはずなのに。

（あなたは豊かな貴族の生活を奪われ、平民としてお腹の空く日々を過ごすことがどれだけ惨めか知らないでしょう？）

全てを手にする彼女が憎らしかった。ロゼリアの瞳が絶望に染まると私の気分は高揚した。自分の優位に微笑む。

ロゼリアは目の前で苦しみながら息絶えた。これでモンタニーニ公爵とロゼリアの葬儀を終えれば、私たちは贅沢三昧の生活が送れる。私は妻を亡くしたステファノを優しく慰め献身的に支える侍女を演じ、そして結婚する。私は人生に勝った、全てを手に入れる。

騎士団に行っていた執事には、ロゼリアは突然心臓発作で倒れ亡くなったと伝えた。私とステファノに疑いの目を向けてきたが証拠はない。執事は俯くと体を震わせていた。納得していなくても執事にできることはない。ステファノが正式な心臓発作の診断書を医者に書かせたのだから。ロゼリアを棺に納めると、私とステファノは成功の美酒に酔いしれた。輝かしい未来が手に入るのだ。

その未来は手にする前に消えた――。

モンタニーニ公爵は生きて戻り、私たちは公爵の殺人未遂容疑とロゼリアの殺人容疑で捕まった。私は騎士団の厳しい取り調べに耐えられず、早々にステファノの企みの全てを話した。私自身は何も手を下していない。罪に問われない自信があった。

「私は一介の侍女です。脅されていたのでステファノ様の恐ろしい命令に逆らうことができなかったのです」

涙を流しながら騎士に必死に訴える。

「騎士団に告げることは考えなかったのか？」

「彼の実家はピガット侯爵家です。もし密告を握り潰されたらと思うと怖くてできませんでした。私はロゼリア様に誠心誠意お仕えしていました。本当です！　屋敷の人たちはそれを分かってくれています。聞いてみて下さい！」

なりふりなど構っていられない。高位貴族の殺人の共犯なら間違いなく断頭台行きだ。私は死にたくない。

騎士は同情を見せず厳しく問い詰める。

「だが、あの男と深い関係にあったのだろう？　お前はステファノの子を身ごもっているそうだな？」

「いいえ！　そんなの嘘です。彼との関係は無理矢理で私の意志じゃなかったのです。子供もいません」

ひたすらシラを切り通し、無実を涙ながらに訴え続けた。結果的に私は釈放された。具体的な共犯の証拠がなかったし、私とステファノの関係を知る者はいなかったので、被害者だと言い募ればそれが本当か嘘か分かるはずがない。御者を抱き込んだのも破落戸を雇ったのも、ロゼリアに毒を盛ったのも全部ステファノだ。私はお茶を出しただけ。毒入り砂糖を入れたのは彼だ。

しばらくするとステファノは全てを自供したそうだ。ピガット侯爵はモンタニーニ公爵殺害未遂の共犯、非合法な毒の入手、さらに他にも余罪があったことで極刑になり、ピガット侯爵家は取り潰された。一族は無残な末路を辿った。ステファノは自分の家族を破滅に導いた。近いうちに彼も……。

私は釈放されたが行く当てがない。頼れる友人もいなかった。とりあえず平民街の中のひと際貧しい人たちが住む場所に向かった。ここは配給もあるので飢えずに済む。雨風を凌ぐ場所もあるはずだ。ところが住人は私を見るなり罵倒し石を投げつけた。

「モンタニーニ公爵様に仇《あだ》なすような人間は許さない！　お優しかったロゼリア様をよくも！出て行け！」

過去に病が大流行した時に、お金がなくまともに薬が買えなかった貧しい人たちは、タダ同然で薬を分けてくれたモンタニーニ公爵に感謝している。殺害の証拠があろうとなかろうと関わった以上は、彼らにとって私は恩人の仇で罪人なのだ。ステファノの計画に乗らなければ……侍女としてそれなりの生活は続けられていたはずだった。だけど金や宝石そして何よりも公爵夫人の地位が手の届くところにあるのに、諦めるなんて無理だ。私は幸せだった貴族の生活に戻りたかった。両親のように惨めに死ぬなんて嫌だった。

「ただ、失ったものを、もう一度、取り戻したかった……それだけだったのに……」

私は今度こそ全てを失った――。

ふらふらと彷徨いたどり着いたのは、モンタニーニ公爵家の王都にある墓標だった。ロゼリアの亡骸は領地で眠っているが、王都で故人を偲ぶために建てたらしい。

そこにはロゼリアを悼むための花が一面に供えられていた。墓石が隠れてしまうほどの花々が溢れんばかりに広がっている。立派な百合の花もあれば、道にあるようなコスモスやタンポポまである。地味な花は彼女を慕う平民たちが供えた物だ。ロゼリアは人々からこれほど愛されていた……。果たして、私が死んでこんなふうに悼んでくれる人がいるだろうか。私は佇みその景色を呆然と眺めていた。


〈ステファノ〉

バシン！

父に頬を強く殴られた。頬はすぐに熱を持ち酷く痛む。腹は立つが言い返せない。

私はステファノ。ピガット侯爵家の次男だ。顔は母に似て綺麗だと子供の頃から賞賛されてきた。母は美しい物が好きで家には宝石はもちろん絵画や美術品が多くある。父は母に甘く散財を許しているが息子には厳しかった。だから欲しいものを手に入れるには自分で金を稼がねばならない。

私は美意識が高い。自分を着飾り趣味を充実させることに生きがいを感じている。それにはとにかく金がいる。文官の稼ぎでは到底足らないと愚痴をこぼした時、簡単に金を増やす方法があると友人にカジノに誘われた。実際その通りだった。初めて行った日に大儲けをしてから病みつきになった。僅かな資金で大金が手に入る。といっても大儲けできたのは最初の数回だけだった。それでもまた勝てるはずだと足繁く通った。軍資金が足りず借金をしたが返済期日までに取り戻せず、やむなく職場の金を少しだけ無断で借りた。見つかる前に儲けて戻すつもりだったが、負けに負けまくって金が戻せずとうとう発覚してしまった。結果、王宮の文官をクビになった。

「お前の不祥事はピガット侯爵家に影響する。もっと弁《わきま》えろ。今回はもみ消したが次はない。しばらくは外出を禁じる。それと自分で婿入り先を探してこい。見つからなければ追い出すからな！」

父は吐き捨てると部屋を出て行った。真面目に働くなど馬鹿らしい。カジノで儲ければ働く必要などない。ギャンブルで楽しんで金が手に入る。毎日あくせく仕事に追われるなどぞっとする。

とにかく婿入り先を探さないと。父は今回は本気で怒っている。このままでは家を追い出され路頭に迷う。父はいくつかの家に私との婚約の打診をしたが、全て断られている。私を袖にするなど阿呆だと思ったが、カジノ通いがバレている可能性もある。カジノそのものは貴族の嗜みとして認められているから大丈夫なはずだが……。

私は相手を考えた。それなりに金のある高位貴族の令嬢。気が弱くいいなりになりそうならおいい。選んだのはモンタニーニ公爵家の娘ロゼリアだ。不美人ではないが地味な装いでパッとしない。社交場では俯いている印象だ。丸め込むのは簡単そうだ。

私はロゼリアの婿になるための手段を考えた。男慣れしていない女は小説のような出会いに憧れる。まずはモンタニーニ公爵家の御者を買収した。その男とは闇カジノでよく顔を合わせる。高額な報酬をちらつかせれば簡単に取り込めた。

　次にロゼリアを心理的に誘導できる侍女としてジェンナを送り込んだ。

　ジェンナは可愛い顔をしている。もとは子爵家の娘だが没落して我が家の使用人となり私付きの侍女になった。貴族令嬢と付き合えば贈り物などで金がかかるが、ジェンナには必要ない。ちょうどいい遊び相手になると誘った。

「宝石が欲しい？」

　生意気だと思ったが公にできない関係だから受け入れた。立派な宝石である必要はない。小さなもので十分だ。

「まあ、そのくらいならいいか」

　最初はロゼリアを誘惑する準備のためにモンタニーニ公爵家に侍女として行けと言えば嫌がった。ジェンナは私に惚れている。悋気《りんき》とは可愛いが所詮は平民だ。いずれ愛人にして屋敷や宝石を与えてやると言えば頷いた。

　ジェンナを送り込むために今のロゼリア付きの侍女を辞めさせなければならない。結婚詐欺の男を雇いその侍女を誘惑させた。思惑通り侍女はあっさり騙されてくれた。その侍女の後始末は詐欺師に一任した。

　そして侍女の募集が出たところでジェンナを捻じ込む。父は協力的で知り合いの貴族に依頼して紹介状を用意してくれた。モンタニーニ公爵家は薬の特許を多数保有している。縁続きになればメリットが大きい。父にとってもこれ以上にないいい話だ。ジェンナはロゼリアの信頼を得て彼女のスケジュールを手に入れた。それをもとに計画を実行する日を決め、御者にはロゼリアを路地裏に向かわせるように指示をした。そして雇った破落戸にロゼリアを襲わせそこに私が颯爽と助けに行けば完璧だ。ロゼリアは私に強く感謝し惚れるだろう。それをきっかけに結婚までに持ち込めばいい。

計画は全て上手くいった。男慣れしていないロゼリアを惚れさせるのは造作もない。モンタニーニ公爵は私を婿に迎えることに不満がありそうだが、彼女が説得し無事に婚約できた。

婚約後に社交界に出てもロゼリアには親しい付き合いの人間がいなかった。その理由はロゼリアによからぬ噂があり距離を取られていたからだ。「散財好きで、男性の友人関係にだらしない」「使用人に理不尽に厳しい」などだ。どれも事実無根だと知っている。ロゼリアには男の友人はない。だからこそ私が婚約者になれたのだ。それに使用人にも慕われている。そして倹約家だ。噂の出どころを調べれば、マッフェオ公爵令嬢クラリッサの仕業だと分かった。この国の騎士団長の愛娘が一体なぜ？　家同士が仲たがいしているわけでもないようだし、クラリッサは可憐で子息たちに人気だ。ロゼリアに対して嫉妬やライバル心を抱くとも思えない。攻撃的な噂を流す理由は分からない。でもちょうどよかった。私がその噂からロゼリアを守れば、社交界での評判も上がるし彼女の信頼も得られる。その後、私たちが結婚するとクラリッサは噂を流すのを止めた。何がしたかったのか不明だが、それ以上の詮索は不要だと判断した。色々なタイミングが良かったので、ロゼリアは私のおかげだと感謝した。まんざらでもなかった。

順風満帆なはずなのに結婚生活は私の期待していたものではなかった。資産家の公爵家でありながら質素すぎる。家具や絵画などの美術品にあまり金をかけない。仕事や慈善活動を重視しパーティーなどに興味を示さない。ガッカリだ。思い描いていた華やかな生活ではなかった。モンタニーニ公爵は私やロゼリアの毎月使えるお金をきっちり管理していた。実家にいた時よりは多いが、私が望む額をはるかに下回る。

それでも商人を呼び私に相応しい衣服や家具を注文すれば、ロゼリアに使いすぎだと窘められる。高位貴族のくせになんともけち臭い。倹約などみっともないことだ。

憂さ晴らしにカジノに行ったが派手に負けてしまった。オーナーは私が公爵家に婿入りしたからと大金を貸してくれたがさらに負け続けた。しばらくすると金を返すように再三連絡が来るようになった。

「このままではまずい。金がいる」

公爵家には唸るほど金があるのに私の自由にならない。これほどもどかしいことはない。ならば自分で手に入れるしかない。だが私には味方が足りない。執事や使用人は公爵やロゼリアに従順で取り込めそうもない。今私の手駒はジェンナと御者だけだ。そんな時、闇カジノのオーナーが手を貸してくれると申し出た。

「公爵様とロゼリア様を排除すれば、全てがステファノ様のものですよ。これからもご贔屓《ひいき》して頂くために力添えをしましょう」

「助かるよ」

その言葉に喜んで頷いた。

闇カジノのオーナーは殺し屋の手配をしてくれた。さらに私は父にも協力を求めた。モンタニーニ公爵家の当主に私が就けば、薬草販売の特許を利用して利益を得ることができる。父は喜んで金と毒を送ってくれた。

公爵は今までほとんど領地にいたのに、私たちの結婚後はずっと王都にいた。どうやら私を監視していたようだ。散々娘をほったらかしていたのにどうして今になって考えを変えたのか？

結婚して半年。計画を実行するのは少し早いかと思ったが、借金返済を考えると一刻も早く実行したい。準備を整えチャンスの時を静かに待つ。そしてとうとう実行の時が来た。

公爵が領地に行き戻って来る時に、眠らせて森に移動するよう御者に指示をした。その後は殺し屋が公爵の乗った馬車を崖から落とす。殺し屋には御者も始末するよう伝えた。

公爵の事故の連絡が来たらロゼリアに毒を飲ませる。使用人はあらかじめ適当な理由で最低限の人数にしておけば、疑われにくくなる。ロゼリアが死んだあとはすぐに葬儀を済ませてしまえばいい。証拠もない。完璧だ。準備万端だと思った計画実行直前、ジェンナがとんでもないことを言い出した。

「ステファノ。子供ができたみたいなの。だから結婚を早めてくれる？」

「えっ⁉」

ジェンナはお腹に手を当て嬉しそうに笑う。面倒なことになった。ジェンナは元子爵令嬢とはいえ没落し、今はただの平民で使用人だ。愛人ならともかく妻に迎える気はない。結婚してやるとは言ったが、協力させるための嘘だったのに。だが結婚を否定すればこのことを騎士団に訴えるかもしれない。私は妊娠を喜んでいる振りをした。いずれはジェンナを始末しなければならないと密かに決意した。

公爵が領地に出発してからの一週間、私は高揚し気分がよかった。殊更ロゼリアに優しくした。外出も控え仕事に専念する。そして待ちに待った公爵が事故に遭ったとの連絡が来た。執事には直接騎士団に捜索協力の依頼をしに行くように伝える。これで今屋敷には私とジェンナ、そしてロゼリアだけだ。

ああ、全てが順調だ。ショックで倒れるロゼリアを優しく励ます。ジェンナが紅茶を持ってきた。シュガーポットには毒入りの角砂糖が入っている。彼女は普段砂糖を入れないが私はそれを入れ入念に溶かす。それをロゼリアが飲んだ！　毒はすぐに効いた。ロゼリアの顔色はみるみる悪くなり、咳き込んだ瞬間に血を吐いた。体を震わせ呆然としている。

「なっ……ゴホッツ、ゴッホッ……」

ロゼリアが助けを求めるように真っ赤に染まった手を伸ばしたので、それを避けて立ち上がった。

（服が血で汚れてしまうじゃないか。この服は私のお気に入りだぞ）

毒を盛った私に縋ろうとするなんて愚かな女だ。

「あとのことは心配いらない。だから安心して死んでくれ。ロゼリアはこのまま義父上のもとに逝くんだ。ああ！　これでこのモンタニーニ公爵家の全てが私の物だ。権力も、お金も、何もかも！」

そうだ。ロゼリアは何の憂いも残さず安心して死んでくれ。私に富と権力を与えてくれたことに感謝し、最後に甘く微笑んだ。

「まあ、ステファノ。あなただけの公爵家じゃないでしょう？　私たち三人のものよ。私が公爵夫人でこの子が跡継ぎ。夢のようね」

「ああ、そうだな」

認知するつもりはない。お前と結婚するつもりもない。ジェンナには今だけ夢を見せてやろう。

「ど、どう……し……て……」

ロゼリアが再び血を吐き咽《む》せながら仰向けになる。苦しそうに首を掻きむしっている。それからすぐに動きが止まり静かになった。その表情は苦悶に歪んでいる。それを静かに見下ろし憐れな女だったと同情した。

でもそれ以上に……。

「ああ！　やったぞ！　金も地位も全てを手に入れた。これで邪魔者はいなくなった。何もかも上手くいった。あははははは――」

私が望む物を手に入れた瞬間だった。

ジェンナが満面の笑みを向け私にしな垂れかかる。

「上手くいったわね。これからの生活が楽しみだわ。宝石もドレスも全部私の物になった！　もう、誰にもへつらう必要はないのよ」

馬鹿な女だ。はしゃぐジェンナを心の中で嗤笑《ししょう》した。気分が落ち着きロゼリアを見てハッとする。そうだ。心臓発作に見せかけるはずだったのに、この状態ではどう見ても無理がある。毒が強すぎた。私はジェンナに血だらけの床の掃除を命じ、ロゼリアを寝室に運ぶ。着ていたワンピースを脱がせ別の服を着せた。首を掻きむしった傷や変色した爪を隠すためにショールをかける。戻って来たジェンナには少しでも顔色をよくするためにロゼリアに化粧をするよう指示をした。血まみれの服は暖炉で燃やし証拠を消す。すぐに父に連絡をしてピガット侯爵家専属の医師を呼び出す。早急に心臓発作の死亡診断書が必要だ。事情を知る医師は呆れた顔をした。

「これは酷い。心臓発作だと信じる者はまずいないでしょうね」

「参列者は招かずに葬儀を行い、すぐに埋葬するから大丈夫だ」

父がすぐに棺を届けてくれた。

その後、騎士団から戻って来た執事には、ロゼリアが心臓発作で死んだと伝えた。すると酷く取り乱し別の医者を呼ぶと言い出したが、すでにピガット侯爵家の医者が診ている、診断書もあるのに逆らうのかと恫喝《どうかつ》して黙らせた。悔しそうに握っている拳を震わせ不審な目を私に向けている。葬儀が終わり次第奴はクビだ。

その夜、私はジェンナと二人、ロゼリアの棺の前でシャンパンを掲げて乾杯した。

「私の輝かしい未来に！」

「私の幸せな未来に！」

公爵秘蔵のシャンパンは最高の味だ。どれも全部私のものだ。ああ、でも浮かれてばかりではいられない。明日からは妻と義父を失った失意の夫を演じるのだ。最高の演技で同情を集める。しばらくは派手に動けないが半年もしたらいいだろう。それまでにジェンナを始末しなくては。全てが終わればカジノに行き放題だ。あとは私に相応しい高貴で洗練された女性を後妻に迎えよう。前途は明るい。

父と相談し翌日葬儀と埋葬を同時にすることにした。とりあえず王都の墓地でいいだろう。明日に備え休むことにした。二階で眠っていると深夜にもかかわらず、大きな声が聞こえ目を覚ます。一体誰が？　ガウンを羽織りながら階段を下りる。

「ロゼリア！　どこだ。ロゼリア！」

そこには必死の形相で叫ぶモンタニーニ公爵の姿があった。

「ち、義父上。なんで生きて？」

愕然とした。どうしてここにモンタニーニ公爵がいる？　殺し屋は間違いなく、公爵の乗った馬車を崖から落としたと報告してきた。私は幽霊でも見ているのか？　動揺している間に、執事が公爵をロゼリアの棺の置いてある部屋へと連れて行ってしまった。まずい。遺体を見られてしまうと言い訳が難しい。

「ロゼリアが死んだ⁉　嘘だ。ああ、そんな‼」

公爵は棺の前で呆然としている。しばらくすると顔を上げ、私を強く睨みつけた。それは激しい憎しみのこもったもので、あまりの恐怖に全身に鳥肌が立った。

「お前が殺したのか？」

公爵は地を這うような低い声で言った。

「これは……義父上が馬車の事故に遭ったと聞いて、心臓発作を起こしたのです。医者を呼んだのですが間に合わなくて、それで――」

咄嗟に言い訳を口にしたが……。

「嘘をつくな！　これは毒を飲んで苦しんだあとの状態だ。お前はロゼリアに毒を盛ったのだ」

「ち、違う。そうだ。ロゼリアは義父上が亡くなったと絶望して自ら毒を飲んだのです。私じゃない。私は殺していない！」

駄目だ。公爵は薬や毒に詳しい。騙せない。だからといって認めるわけにはいかない。どうにかこの場を誤魔化さなくてはならない。それなのに言い訳が思いつかない。

「お前を殺してやる！　許さない！　よくも私の娘を、私の愛する娘を‼」

激高した公爵は机の上にあった果物ナイフを手に取ると、私に向かって振り上げた。

（殺される‼）

避けなければと思うのに恐怖で体が竦んで動けない。その時、いつの間にか後ろにいた騎士団のジョフレ隊長が、公爵の腕を掴みナイフを取り上げた。この男がここにいる理由は分からないが助かった。そうだ。騎士団は一般市民を守るのが務めだ。

「放せ。止めるな！　この男を殺したあとならどんな罰でも受ける。だから――」

「そんなことをすればきっとロゼリア様が悲しみます。だから――」

ジョフレ隊長の制止に公爵は力なく、ナイフを落とした。ジョフレ隊長は私を睨みつけた。それは視線だけで人が殺せそうなほど昏《くら》く鋭い。本能で恐怖を感じ全身がビリビリと痺れる。

その後、私は騎士団の薄暗い取り調べ室に連れていかれた。

「父を呼んでくれ。あと弁護士もだ。それまでは何も話さない」

余計なことを言わなければいい。文官をしていた時に横領が発覚してしまったが、家門を守るために父は握り潰してくれた。今回だってそうしてくれる。それに証拠はない。殺し屋はすでに国外に出たと聞いている。御者は始末した。ジェンナだって私を愛している以上黙秘するはずだ。

「そうか」

ジョフレ隊長は音もなく腕を振り上げ私の顔を殴りつけた。強い力で体は椅子から転げ落ちる。顎が痛い。打ち付けた体も痛くてたまらない。私は本気の暴力を受けたことがなかった。口の中には鉄の味が広がる。切れたのだ。怒りが湧き上がる。この男、元平民のくせに。それに異国人じゃないか。髪も瞳も真っ黒で不吉な忌み色だ。そんな男に殴られたのかと思うと許せなかった。

「おい！　責任者を呼べ。騎士団長のマッフェオ公爵様を！」

高位貴族である公爵なら私への非道な扱いを許さないはずだ。こいつにも厳しい処分を下すだろう。ジョフレ隊長は私を蔑視《べっし》すると部下に何かを伝える。しばらくするとマッフェオ公爵が来た。

「マッフェオ公爵様。ここから私を出して下さい。冤罪で捕らえられているのです。父からも連絡が来ているはずです。あとこの男に処罰を」

マッフェオ公爵は冷ややかな視線を向ける。彼は私の味方ではないのか？

「ふっ。冤罪だと？　モンタニーニ公爵邸のお前の部屋を捜索した。ピガット侯爵とお前がモンタニーニ公爵殺害の計画を企てた手紙を押収してある。また、侯爵が毒を入手した経路も明らかになった。証拠はそろっているのに呑気なものだ。ピガット侯爵は全てを認めすでに独房にいるぞ」

「嘘だ……父上が？」

そんな、まさか？　父上が捕縛されている？　それならば兄上に……。ここに来て自分がまずい状況にいることをようやく知る。

「いずれ、ピガット侯爵家の取り潰しは免れないな」

「家が潰れる？　ありえない」

私に自白させるために大袈裟に言って脅しているだけだ。仮にも侯爵家、そう簡単に潰れるわけがない。マッフェオ公爵まで馬鹿なことを言うのか。私は騙されない。

「それにこの件はジョフレ隊長を責任者に指名してある。私に何かを期待するな」

「そ、そんな。平民上がりを優先して侯爵家の人間を見捨てるのですか？」

私は絶望的な気持ちでマッフェオ公爵の顔を縋るように見たが、同情の欠片も示さず部屋を出て行った。そして地獄が始まった。ジョフレ隊長と数人の騎士が交代で取り調べる。眠ることも許されず、加減なしで殴られる。顔は腫れ上がった。

「ジェンナという女はお前に唆《そそのか》されて手伝ったそうだぞ。お前が毒入りの砂糖を紅茶に入れ、ロゼリア様に飲ませているところも見たと証言している」

ジェンナが私を裏切った。だから女は信用ならないのだ。それでも私は黙秘を続け弁護士と兄を待っていたが、誰も来ることはなかった。その後、父がどうなったのかも分からない。不安や暴力の痛みと恐怖に、とうとう耐えられなくなり真実を話した。精神も肉体も限界だった。早くこの日々を終わらせたい。それに私は高位貴族だ。そもそも公爵は無事で殺害は未遂で済んでいる。だからロゼリアだけならそこまでの重罪にはならないはず。

「そうだ。私がロゼリアに毒を飲ませた。公爵に暗殺者を差し向けたのもそうだ」

あれは私が全てを手に入れ幸せになるために必要なことだ。今でも後悔はしていない。もっと上手くやればよかったと失敗が悔やまれる。

「そうか。お前がロゼリア様を殺したのか」

ジョフレ隊長は黒い瞳を細め不遜に口角を上げた。それが私には真っ黒な死神が微笑んだように見えた。その表情に背筋が凍る。だが自白したのだから私はこの地獄から解放される。貴族用の牢に移動し、手当てを受けて裁判を待つのだ。認めた以上さすがにそれなりの罪には問われる。平民に落とされる覚悟はせざるを得ない。それでも苦痛の日々が終わるとホッと安堵の息を漏らす。だが私の期待を裏切りそのあとも、日の差さない汚い牢へと入れられた。

「おい、手当てをしろ。私はいつここから出られるのだ?」

翌朝、牢の見張りの騎士に問いかけた。騎士は嘲笑うように俺を見た。

「こちらが聞きたい。なぜ出られると思っているのか。騎士団の誰一人、お前を許す人間はいない」

「えっ？」

そして再び取り調べ室に引きずられる。嫌だ。あそこには行きたくない。

取り調べという名の暴力――。

「これは違法だ！　やめろ！　清廉な騎士がやることじゃない」

ジョフレ隊長は平然と言い放つ。

「あいにく私は清廉な騎士になった覚えはないし、違法であることは分かっている。だが止めるつもりもない。いずれその責任はお前が断頭台に立ったあとに取るさ」

「だ、断頭台？」

嘘だ。あれくらいで極刑になるなんておかしいだろう？　もっと悪いことをしている人間はいくらでもいる。どうして私だけが……。不満を表情に出せば、部屋にいたもう一人の騎士が怒りをぶつけてきた。

「俺たちはロゼリア様を殺したお前を絶対に許さない」

「なんであんな女のために……そんなに怒るんだ？」

心底理解できない。ロゼリアは絶世の美女でもないのに……。

「ふん。そんなことも分からないのか？　騎士団は常に命の危険と隣り合わせだ。モンタニーニ公爵様は騎士団に薬を優先して届けてくれた。医者だって手配してくれた。殉職した団員の家族にまで手を差し伸べて下さっている。ロゼリア様だって貴族令嬢なのに率先して手を貸してくれた。平民にも分け隔てなく薬を恵んで下さった。みんな本当に感謝していたんだ。それなのに自分の欲のためにロゼリア様を無慈悲に苦しめ、殺したお前を許すはずがないだろう？」

ロゼリアの死によって、これほど多くの人間から恨みを買うなど想像したこともなかった……。

ある日の朝、ジョフレ隊長が言った。

「お前の処刑が決まった。明日早朝だ」

「あ、明日？　そんな……父は、家は、どうなったのだ？」

「侯爵はすでに処刑されている。ピガット侯爵家は取り潰しで全財産没収、一族は平民となり散り散りとなった。お前を助ける者などこの世に存在しない」

「そんな………」

私の罪はそれほど重いものだったのか？　ただ金と権力を手に入れようとしただけじゃないか。誰だってやっている。ちょっと失敗しただけで全てを失うなんて。ロゼリアは私と結婚することができただけで幸せだったはずだ。その見返りを要求しただけだ。

（ああ、でも疲れた。もう、いい。どんな形でもこの苦しみが終わるなら、それでいい。何も考えたくない）

翌朝、刑場に引きずられた。目の前には断頭台が見える。集まった民衆は私に石を投げ罵詈雑言を浴びせた。このことで民衆がモンタニーニ公爵やロゼリアを慕っていたことをはっきりと知った。

いざ死を目の前にすると足が竦んで動けない。断頭台を見上げれば鋭い刃に太陽が反射して禍々しい光を放っている。途端に足が止まる。逃げたいのに萎えた体では騎士の拘束は外せない。

それでも抵抗すると騎士は舌打ちし私の首を台の上に固定した。

「いやだ……たすけてくれ。あ、ああ……」

民衆のざわめきが遠くに聞こえる。嫌だ。死にたくない。助けてくれ。誰か、誰でもいい。

すぐに刃が勢いよく落ちた。

最期の瞬間、私の耳には一際大きな歓声が聞こえた――。

第五章　決意を胸に

俺は大怪我負ったが、モンタニーニ公爵邸で十分な治療を受け療養させてもらったおかげで傷は完治した。ロゼリア様と別れるのは名残惜しいが、もう行かなければ――。

今はあなたの側を離れるしかない。ただの平民のカルロではロゼリア様の側にいる資格がない。一度目の人生ではあなたを救えずに死なせてしまった。俺はあなたを守る権利と力を得るために、あらゆる努力をするだろう。そして爵位を手に入れ再びここに戻って来る。幸い俺には一度目の人生の記憶がある。今度は必ずあなたを守ってみせる。

俺は決意を新たに二度目の人生を歩むべく、モンタニーニ公爵邸をあとにした。

◇◇◇

俺が生まれたのはある国の王宮の中だ。立場的には王子だがそれらしい扱いを受けたことはない。それどころか忘れられた存在だった。

母さんは貴族ではない。神殿で巫女をしていた。お忍びで神殿に参拝に来た王の目に留まり王宮に召し上げられた。そして後宮内の最も離れた一角に住まいを与えられていた。酷く寂れた宮だった。

王の気まぐれで連れて来られて放置されていた。母さんは好きでもない男の子供を産んでも、俺を憎むことなく溢れんばかりの愛情を注いで育ててくれた。

アーディル・カルロ・イスハーク。それが俺の生まれた時の名前だ。

誰にも望まれない子を母さんだけは、言祝《ことほ》ぎカルロと名付けてくれた。『カルロ』はこの国の神話に出てくる英雄から取ったもので、彼のように強く逞しく生きて欲しいと願いを込めたと教えてくれた。アーディルは文官が儀式に則って付けた王子としての名前なので名乗るつもりはない。

俺の母さんの名前はラティーファ。漆黒の髪と瞳を持つ。この色はこの国では一般的だ。母さんは平民の子として生まれたが貧しさゆえに孤児院の前に捨てられていた。その後、神に仕える巫女となった。

「カルロ。私の宝物。愛しているわ」

王の寵愛のない側室には満足に食事や衣服など生活必需品の支給がない。母さんが元巫女だったおかげで神殿が俺たちの後見となり生活を援助してくれていた。

俺は一応、第十三王子という立場らしいが誰も王族と認めていないのですることがない。きっと俺の存在そのものを知らない人間の方が多いだろう。もちろん家庭教師などはつかないので母さんに勉強を教えてもらう。外に出ることは許されていなかったが、そこそこ広さのある宮を駆け回り俺は伸び伸びと育った。外に出たいという好奇心はあったが、母さんから絶対に宮から出てはいけないと厳しく言われていたので我慢した。俺は外の世界を知らないまま育った。

「カルロ。愛しい子。あなたの目がとても好きよ」

母さんは幼い俺にそう言って優しく眦に触れる。俺への愛情を惜しまない。小さな箱庭での生活は穏やかで優しいものだった。

俺が十歳の時に王が死んだ。詳しいことは分からないが、神殿が後ろ盾となった幼い王子が次の王になったらしい。父だと聞かされている王が死んだところで何の感慨もない。だが俺たちがこれからどうなるのかが不安だった。まだ子供の自分にできることは少ない。しかも世の中を知らずに育った俺に、母さんを守って王宮を出て暮らしていけるのか。ところがいつの間にか母さんは出奔する準備を整えていた。そして神官長の手引きで王宮から脱出した。神官長は俺たちが国を出る前に秘密裏に見送りに来てくれた。

神官長はこの国では珍しい銀色の髪と銀色の瞳を持つ美しい男だった。その姿の神々しさから『神の御使い』と崇められているそうだ。彼の出自は平民で名をハリルという。母さんと神官長は同じ孤児院出身の幼馴染らしい。二人を見れば互いに信頼し合っていることが分かる。ハリルが母さんに向ける眼差しは強く深い。母さんが王に連れて来られなければ違った未来があったはずだ。

別れる前に母さんとハリルは束の間抱き合って何かを話していた。母さんから体を離すとハリルは俺を優しい目で見つめる。まるで記憶に焼き付けるように。そして俺の体をそっと抱きしめると宝物に触れるように、背中をゆっくりと撫でてくれた。優しく慈しむような手だった。

「カルロ。強く生きていけ。そしてお母さんを守るんだ。できるか?」

「うん。できる!」

それは俺にとって誓いとなった。ハリルを見たのはそれが最後だ。別れは呆気なく、まるで二人はずっと前からこの別れを覚悟していたかのようだった。脱出しながら思い出すハリルの顔。

——俺の目は彼の切れ長の目とよく似ていた。

母さんは僅かではあったが宮にあった金目の物を持ち出していた。さらにハリルから真珠をたくさんもらっていた。小振りの巾着袋にぎっしり五袋も。真珠はたくさんあってもかさばらないし、軽いので持ち歩ける。しかもどこの国でもそれなりの値段で換金できる。

この国の神殿では女神を信仰している。伝えられている神話によると女神は貧しい民を憐れみ涙を流した。その涙は真珠となり民を救ったとされる。そこに由来し、貴族たちは真珠を神殿に奉納する。ハリルは貴族たちから集めた真珠をくれたのだ。これだけあれば路頭に迷うことなく旅ができる。

母さんは当てのないと旅だと言いながら、目的を持っているかのように行き先を決める。旅は楽しかった。女と子供だけの二人旅なのだから、盗賊などの危険は際限なくあるのに一度も危ない目には遭わなかった。俺は国を出て初めての旅に興奮した。生まれてから宮の中で生きて来たので、外の世界を知らなかった。色々な国、その景色は新鮮で珍しく驚きの連続だ。母さんと二人ではしゃぎ楽しんだ。それはまるで優雅な旅行のようだった。俺は愚かなことにずっとこの生活が続くと思っていた。

二年ほど旅を続けたところで海の見える場所に着いた。生まれた国から遠く遠く離れた場所。

「海がずっと見たかったの」

ぽつりとそう呟いた母さんは顔色が悪くだいぶ痩せていた。少し前から病にかかっていた。これ以上の旅は無理だと分かっていた。そして俺たちの旅は突然終わった。宿から海を見て過ごす日々。母さんはこれ以上にないほど穏やかなのに、俺は恐怖を感じていた。母さんに残された時間が迫っている。俺は色々な国の文化や言語を覚えた。平民として生きる知識も身につけたが、十二歳になったばかりの自分が一人で生きていけるのか。そして母さんがいなくなれば天涯孤独になる……。それは酷く恐ろしいことだった。

「今日は外で食べましょう」

母さんはこの頃、体を起こすのも辛そうになり、屋台で買った物を持ち帰り宿で食べていたが、この日は珍しく外に行きたいと言い出した。

「たまにはいいね」

気分転換になるだろう。この街に着いた頃に何度も食べに行った、お気に入りの古びた食堂へ向かう。魚の定食はなかなか旨い。すっかり食の細くなった母さんが、半分食べ終えたところで突然立ち上がり、斜め前に座る男に話しかけた。

「お兄さん。あなたの探し物の場所を教えてあげるから、私のお願いを聞いてくれる？」

その男は若く逞しい体をしている。頬に傷があり明らかに荒事を生業にしている。

「おい！　突然なんだ？　馴れ馴れしい。一体何を企んでいる？」

男は訝し気な目で母さんを見ながら声を荒らげた。

「何も企んでいないわ。取引をしたいとお願いしているの」

母さんは怯えることなく冷静だ。初めて会った男に対しまるでよく知っている人間と話すように接している。男は怪訝そうに眉を寄せたが、母さんの言う『探し物』に反応した。

「あんたの望みは何だ？」

「あなたは探し物を見つけたら故郷へ帰るのでしょう？　だから私が死んだら息子をあなたの旅に同行させて欲しいの。そして鍛えてくれる？　そのあとはきっと自分の力で生きていけるから」

「母さん！　馬鹿なことを言うなよ」

「カルロ。ごめんね……」

母さんは黒い瞳を伏せ悲しそうな表情を浮かべる。

そんなの聞きたくない！　母さんは自分の死がいつ訪れるのか確信している。俺は一緒に旅をしていて気付いていた。母さんは不思議とこれから起こることを、未来を知っている。雨が降り出す前に行動し濡れるのを回避する。一回なら偶然だが毎回だ。盗賊が出ると言われている危険な道を、敢えて進んだかと思えば俺たちは無事だ。街に着いた時、本来安全だと言われている道で旅人が襲われたと聞いた。初めから知っていたかのように選んで行動していた。

俺は二年前のあの日、国を出た時のことを思い出した。母さんは王が死ぬことを知っていて準備をしていたのだ。王宮内で俺たちは孤立していて情報を得ることは不可能なのにだ。俺は母さんが取り乱すところを見たことがなかった。ここでこの男に会うことも自分が死ぬことも、そして俺がこのあとどうなるのかも、知っていると確信した。母さんには未来を視る力がある。

男は困惑しながらも少し思案すると頷いた。

「いいだろう。俺の望む物がどこにあるのか教えてくれ。手に入れば必ず約束を果たす。俺はドマニ。傭兵をしている」

ドマニはこの怪しい提案をあっさりと受け入れた。そうしてまで欲しい物があるらしい。そして初めて会ったのに、母さんは彼の探し物の在処《ありか》を知っている。

「私はラティーファ。この子はカルロよ」

「聞きなれない名だな」

「私たち、遠い国から来たのよ」

「訳ありか。まあいい」

「探し物が見つかったら宿に来てくれる？」

「ああ、分かった」

母さんはドマニに耳打ちをした。彼はすぐに立ち上がり店を出て行った。

「母さん。見ず知らずの男を信用するのか？」

「あの人は大丈夫よ。あなたを託せる人なの。お母さんは一度も間違えたことがないでしょう？」

「……うん」

確信を持って断言する母さんにこれ以上反論はできなかった。翌日から母さんの体調は悪化した。男は一週間経っても宿に来ない。

「約束を反故にしたのかもしれない」

「大丈夫。彼は必ず来るわ」

母さんの予知は絶対だと知っている。だから男は探し物を手に入れたはずだ。それなのに来ないじゃないか。怖い。一人にしないでくれ。誰でもいいから側にいて欲しい。縋り付きたいほど心細かった。母さんは最近、一日のほとんどを眠っている。医者を呼んだが、ただ首を振るだけで痛み止めを置いていった。

空は赤く染まり夕暮れ時になる。窓から差し込む西日が眩しい。じきに日没が訪れる。カーテンが風で揺れている。胸に居座る不安から目を逸らした。水差しに水を足しに行って戻ると、母さんが目を覚ましていた。ぼんやりとどこか遠くを見ている。そのまま消えてしまいそうな儚さから引き戻すように声をかけた。

「母さん。母さん！」

「ハリル。カルロを……守って。もうじき会いに行くから……」

「母さん？」

(夢？　嫌だ。やめてくれ。そんなこと言わないで！)

俺はもう一度大きな声で呼んだ。

「母さん！」

母さんがゆっくりと俺を見た。二度三度と瞬くと柔らかく微笑む。そしてやせ細った手を伸ばす。俺は去りゆこうとする命を引き留めるようにその手を強く握った。

「カルロ。私が死んだら、私のペンダントを持っていて。絶対になくしては駄目よ。いつか……あなたの願いを叶えてくれる物だから……。あなたは絶対に幸せになる。だからお母さんは安心して逝けるわ……」

母さんは真っ白な丸い石の付いたペンダントを常に身に着けていた。以前これは何かと聞いたことがある。「大切なお守りよ」と言っていた。それは今も首に下っている。

「死ぬなんて言わないで。俺をおいていくなよ」

「ごめ……ん……ね。あいしてる……」

握っている母さんの手が俺の手からゆっくりと滑り落ちた。

「母さん‼　母さん！　いやだ！」

(嫌だ。俺を一人にしないで。ハリル！　お願いだから母さんを連れていかないで！)

「かっ……かあさん……」

空は漆黒の幕を下ろし部屋は闇に包まれる。返事はもうない。母さんは目を開かない。

「うっうっ………」

俺の涙が母さんの手の上にポタポタと落ちていく。その時ドタドタと乱暴な足音が部屋に向かって来た。

「遅くなってすまない」

ドマニの声がした。背後で息を呑む声が聞こえた。俺は母さんの体に縋り付き、情けなく泣いていて返事ができない。ドマニは俺の側に寄り、背を優しく叩くと母さんに向かって言った。

「ラティーファ。お前は約束を守った。だから俺も約束を果たす。カルロのことは任せておけ」

「うっ……かあさん、かあさん……」

　母さんは俺をドマニに託すために、この海の見える街まで病気の体を引きずるようにして旅を続けた。どこまで先の未来を見ていたのか、俺は知らない。一度も聞かなかったし母さんも話さなかった。

　だけど母さんは俺にとって最善の道を与えてくれたのだと思う。それならば俺はその道を行こう。手で強く頬の涙を拭った。

　母さんの言葉を思い出しペンダントに手を伸ばせば、真っ白な石は黒く染まっていた。

「……どうして色が変わったんだ？」

　まるで母さんの魂を吸い取ったかのような漆黒の石。理由は分からない。母さんは肝心なことは何一つ教えてくれなかった。以前一度だけ寂しそうに呟いていた。「未来を知ることはいいことじゃないから」と。俺はペンダントを自分の首に下げた。

　母さんの顔は穏やかだった。そこに苦しみはない。母さんは今まで見た中で、一番幸せそうな顔をしていた。

　ドマニは母さんの葬儀全てを取り仕切ってくれた。この海の見える国では独特の木葬をする。墓地として決められた区画の中に、一定間隔に木が植えてある。その根元に亡骸を埋め大地に還す。もしも身寄りがなくて誰もその人に花を供えなくても、季節が廻り木に花が咲き美しく香る。それが亡き人に手向《たむ》けられる。木に実がなると鳥や動物がそこを訪れる。その姿や声が故人を慰め寂しくなる。そして命が大地に還り巡っていく。

埋葬の時には宿の人や食堂の主が立ち会ってくれた。この国の人たちは俺たちに優しかった。

葬儀が終わると、ドマニはすぐに出発すると告げた。どうやら急いで故郷に戻りたいらしい。俺は母さんから真珠を受け取っていたので、路銀の心配も当面の生活費の心配もない。

出発前に最後にもう一度、母さんの墓に行った。

(俺は大切に守られるだけだった。親孝行もできず、母さんを守れなかった。ごめん)

心の中で約束を守れなかったことをハリルに謝った。

そして出発をした。ドマニの故郷に行くには船に乗り海を渡る。

「これから俺の国に向かう。妹が原因不明の病で薬を待っている。結婚式を控えていたのに二か月前に倒れたんだ。どうしても助けてやりたくて、薬を探し求めていた。この国にあると噂を聞き付けたが、手掛かりがなく途方に暮れていたところでお前たちに会った。ラティーファは薬が手に入る場所を教えてくれた。だから約束は必ず守る」

「お願いします」

俺は頭を下げた。ドマニは無口で無愛想だが誠実な男だ。見かけによらず面倒見がいいと思う。

母さんが信じた人を俺も信じた。

「カルロ。ラティーファにはお前が独り立ちできるようにしてほしいと頼まれた。俺は傭兵をしていた。今は護衛の仕事を請け負っているが、基本的に戦うことしか能がない。だからお前を鍛える」

　言葉通りドマニは俺を鍛えるために、まずは基礎体力をつけろと船の上でトレーニングを課した。彼自身もなまらないようにと、一緒にやりながらの手ほどきはなかなかに厳しい。でもそのおかげで母さんを失った悲しみに押し潰されずに済んだ。

　ドマニの生まれた国に着くと馬車を何回も乗り換えて小さな村に向かった。国の端にある村は外との交流がないのでよそ者を嫌う。ドマニが一緒でなければ滞在を拒まれたかもしれない。

「小さな村だからみな警戒心が強い。以前旅人が休ませてくれと言って盗みを働いたことがあるからな」

　ドマニはすぐに妹さんに薬を飲ませた。しばらくすると妹さんは回復し、無事に結婚式を挙げた。村人は俺を敬遠するがドマニの家族は恩人だと何かと世話を焼いてくれた。この国では黒髪と黒い瞳を持つ者はいない。その色から不吉だと、まるで死神のようだと言われた。

「そんなこと思い込みだ。気にするな」

　ドマニは色々な国を旅したことがあるので偏見がない。多種多様な人間がいると知っている。彼は俺にとって得難い存在だ。基本的にドマニはどんな時もニコリともしない。村の中では無愛想なのは周知の事実で、不機嫌だと誤解する者はいない。どちらかといえば慕われている。不器用だが優しく誠実だからだ。俺のことだって薬を手に入れたあと、見捨てることもできたのにそうはしない。ドマニは傭兵としての腕前はかなりのもので体術剣術を叩き込まれた。心の中で師と仰いだ。

「どんな汚い手を使っても生き残れ。無理だと思ったら逃げろ」

ドマニは見栄を張って死ぬな、馬鹿にされても逃げて生きろと言う。

「分かった」

生傷が絶えずきつい訓練だったが、強くなっていく実感が得られるのは喜びだった。ドマニに俺は剣術も体術もセンスがあると誉められた。村に滞在中は彼と近隣の街に行き、一緒に護衛の仕事をした。彼が一緒だと心強い。ドマニに俺を託してくれた母さんに心から感謝した。もちろん引き受けてくれたドマニにも。

二年が経った頃、ドマニが村を出ると言い出した。

「モンタニーニ公爵領から王都まで荷を運ぶ護衛の仕事がある。他の護衛の仕事より危険は大きいが給金がいい。なにせ荷が高価だからな」

「モンタニーニ……？」

確かにここにずっといるわけにもいかない。村には仕事がないので皆出稼ぎに行く。ドマニもずっと外で仕事を請け負ってきたが、久しぶりに家族と過ごしたかったからと村にいた。でも本当は俺を鍛えるためにここにいたのだ。前に一度謝ったら「俺は腕利きの護衛で貯えもある。ガキは余計な気を遣うな」と頭をわしゃわしゃされた。

そろそろ大きな護衛の仕事を一緒に受けられるくらいには、俺は上達したのかもしれない。彼の足を引っ張らないようにしよう。

モンタニーニ公爵領は広大で豊かだった。それを象徴するように領民は皆笑顔だ。整備された道、街は賑わい治安もいい。領内では複数の薬草農園があり、この土地では独特の匂いがする。

領内の薬草は全てモンタニーニ公爵家に納品される。金額は保証されていて、もしも天候のせいで不作でも補償金が支給される。逆にたくさん生産できても値崩れしないようになっている。荷の運搬とその護衛の仕事も領主が管理している。確かに他の護衛よりはるかに給金がいい。さらに王都までの往復の宿や食事もしっかりと提供される。人気の仕事ではあるが王都までの道で賊に襲われる可能性が高く危険だ。あと雇う際には身辺調査をされる。護衛になりすまし荷を狙う奴もいるからだ。俺はドマニが保証人になることで雇ってもらえた。ドマニは実績があり信頼されていた。

俺は同行した初日に早速洗礼を受けた。賊の襲撃を受けたのだ。ドマニが助けてくれなければ危なかった。俺はこの時初めて人を切った。この恐怖はこれから先も忘れないだろう。王都に着くとモンタニーニ公爵邸の別棟で労われた。

「すごい……荷運びの護衛でこれだけよくしてくれるなんて……」

「カルロ。これを当たり前だと思うなよ。普通は護衛なんて使い捨てだ。モンタニーニ公爵様が特別なんだ」

「分かった」

言われなくても理解しているが、平民や使用人を大事にする貴族がいることに酷く驚いた。旅で色々な国に行ったがどこも身分制度は厳しい。

本邸には小さなお嬢様がいらっしゃるそうだが人見知りらしい。ある時隠れながら顔を覗かせてこちらをじっと見ている姿を見かけた。どうやら俺たちが気になるようだ。

エメラルドグリーンの瞳が綺麗で印象的だった。こっそり覗く姿がなんとも可愛らしい。

俺はドマニに鍛えられながら数年間をその仕事で暮らした。

その日、ドマニに大事な話があると呼ばれた。ドマニは珍しく緊張を漂わせている。その様子に俺は何を言われるのかとドキドキした。

「今年からモンタニーニの仕事に行くのをやめる？　どうして？」

「ああ、実は……所帯を持つことにした。ここで店でも始めるつもりだ。だから護衛を引退する」

ドマニの顔が赤く染まっている。初めて見る照れる姿をポカンと見た。彼はモンタニーニ公爵領内に住む女性と酒場で意気投合して求婚し受け入れてもらえたそうだ。その女性はなかなかの酒豪でドマニが飲み比べで負けてそこに惹かれたらしい。結婚後は食堂を始めるという。ドマニは器用で確かに料理が上手い。味だけなら繁盛するだろうが無愛想で強面の店主って……。ドマニが「いらっしゃいませ」と言うのを想像して吹き出して笑ってしまった。ドマニにじろりと睨まれた。でも紹介してもらった奥さんとなる女性は、しっかり者の気立てのいい女性だから大丈夫だろう。

「おめでとう」

心からの言葉だ。彼には絶対に幸せになって欲しい。ドマニがいなければ俺は今頃どうなっていたのか。恩人だ。お祝いは何がいいだろうか。するとドマニが口ごもる。何かを言いたそうにしているが歯切れが悪い。首を傾げてなんだと問う。

「よければカルロも一緒に手伝わないか？　俺にとってお前は家族だ。護衛の仕事は危険が多い。どうだ？」

　照れくさそうな姿に俺は驚いて固まった。そして胸の奥からじわりと温かいものが広がる。家族……なんて幸せな言葉なんだ。

「ありがとう。でも、さすがに新婚の邪魔をするつもりはないよ。俺はもうしばらく護衛で稼ぐつもりだ。でもこっちに戻った時には顔を出すから」

　俺は十八歳になった。独り立ちしてもいいはずだ。

「そうか。分かった。必ず寄れよ」

　ドマニは少しだけ寂しそうな顔をした。彼の気持ちがありがたく嬉しかった。

　その後、一人で護衛の仕事に参加したが、ドマニの存在の大きさを思い知らされることになる。多くの人間が俺の髪と瞳の色を忌避し侮蔑する。ドマニと一緒の時には態度に出されたことがなくて気付かなかったが、ショックだった。それでも護衛の腕は信用してもらえているようで、責任者のトマスさんは継続して雇ってくれた。今まではドマニと楽しく過ごした道行きも、仲間たちに遠巻きにされ一人で過ごす。俺は改めて異国人だと思い知らされた。酷い嫌がらせがないだけましだと自分に言い聞かせるが心は冷えていく。

「どうしたらそんな真っ黒な色で生まれてくるんだ？」

「お前、呪われているんじゃないのか？　俺らに移すなよ」

　ドマニは一度だって俺を貶めるようなことは言わなかった。だけどこの国ではこの反応が普通なのだろう。ただ色が違うことがそれほど悪いことなのか。

人と話すことが少なくなっていると、気持ちはささくれ立つ。それでも生きるために働かなくてはならない。母さんの残してくれた真珠はまだたくさん残っているが、それを当てにしたくなかった。自分の力で生きていきたい。そして今の俺にできることはこれだけだ。再び荷の護衛で王都に向かった。無事に王都に入れると安心していたその時、大人数の賊から襲撃を受けた。敵はかなり腕が立ち異国語をしゃべっていた。応戦するも他の護衛たちは切られ厳しい状態だ。荷の責任者が襲撃直後に救援の早馬を出していたから、運が良ければ生き残れるかもしれない。だが加勢の騎士が来るまで持ちこたえられるだろうか？

王都に近かったこともあり応援の騎士は早く着いた。たぶん近いところで待機していたのだろう。その姿が見え安堵したが、トマスさんが目の前で賊に切られそうになり咄嗟に突き飛ばして庇った。持っていた剣は折れてしまい使い物にならず応戦できなかった。背中を向けたせいで大きく切られたが、落ちていた剣を拾い何とか相手を始末した。そして俺は意識を失った。

背中が熱い。背中だけじゃない。体中が燃えるように熱い。喉が渇いた。誰か水をくれ。

「お水よ。お口を開けて。頑張って飲んで」

可愛らしい女の子の声が聞こえる。天使か。俺は死んだのか？　瞼は重く開かない。口元に何かが当たった。たぶん吸い飲みだ。必死に口を開き水を飲む。冷たくてうまい。もっと。

「はい。どうぞ」

飲み終わると大仕事を終えたように眠りについた。

俺に水を飲ませてくれたのはモンタニーニ公爵令嬢ロゼリア様だった。昔一度見た小さなお嬢様が少しだけ大きくなっていた。彼女は貴族らしくない。たぶん変わっている。看病なんて使用人に任せればいいのに、まだ十四歳のお嬢様は自ら俺を看病して下さった。

「だって大切なお薬を運んでくれて怪我をしたのよ。看病するのは当たり前だわ。おにいさんはゆっくり休んでね」

ニコニコと俺にスープの入った皿を渡し冷めないうちに食べろと急かす。

スプーンを動かすと背中が痛み顔を顰めるが、その度にロゼリア様は眉を寄せ心配そうに見守る。その健気な姿に久しぶりに心が満たされ、幸せな気持ちになる。純粋に心配してもらったのはどれくらい振りか……。ふと聞いてみた。ロゼリア様なら否定的な返事をしないと思えたからだ。

「ロゼリア様は俺が怖くないんですか？」

心の底から不思議そうに首を傾げる。

「どうして？」

「俺の髪と目は黒い。だから――」

「とっても綺麗な黒よ？　オニキスと同じ色ね。オニキスってパワーストーンで守ってくれる石なの。おにいさんはたくさんの人を守ってくれたわ。ありがとう」

ニッコリと笑う。本心から綺麗だと思ってくれている言葉が嬉しかった。蔑まれるうちに母さんと同じ色を嫌いになりそうだった。でもロゼリア様の言葉に救われた。

「に、荷の護衛だから当然です。それに普通より高い給金をもらっていますし」

「でもおにいさんが守ってくれたから、王都で薬を待っている人のところへ届けられる。病気や怪我をした人が元気になれるのよ。だからおにいさんは王都にいるたくさんの人も守ってくれたの。でも、もう怪我はしないでね」

なおも必死に言い募る姿は健気だった。この人は初めて会った人間になんて優しいんだ……。思いやりのある言葉に瞳が潤みそうになる。堪えるために奥歯をぎゅっと噛んだ。

「っ……」

護衛の仕事は高い金を受け取っている分命を懸けて当然だと、死んだら運が悪いだけだと言われていた。でも彼女はそうじゃない。俺なんかの命を惜しいと思ってくれている。何よりも黒を不吉じゃない、お守りだと言ってくれた。

「あっ。お勉強の時間！　おにいさん、お薬飲んだらちゃんと眠ってね」

「あ……ありがとうございます」

ロゼリア様は満足そうに頷くと部屋を出て行った。

俺にとってロゼリア様は可憐で優しい天使のような存在だ。

「トマスがカルロにお礼を言っていました。すぐに領地に戻らなくてはいけなくて、直接伝えられずにすまないと」

執事がトマスさんからの伝言だと教えてくれた。トマスさんは俺の意識が戻る前に領地へ発っていた。そういえばトマスさんは他の護衛が俺を毛嫌いしても、実力主義だからと俺を雇うことを断らなかったし、労ってくれていた。多くの人に冷たくされたからといって親切にしてくれた人を忘れてはいけない。ロゼリア様のおかげでそれを思い出せた。

俺は目を閉じドマニや今までよくしてくれた人たちを思い浮かべ、静かな気持ちで療養した。

ロゼリア様は勉強の合間に顔を出してくれた。エメラルドグリーンの瞳をキラキラとさせ、どんな花が咲いたとか、お菓子が美味しかったとか教えてくれる。でも楽しそうに振る舞うがどこか寂しそうに見えた。きっとお母様が亡くなっている上に、父親であるモンタニーニ公爵様が領地にいて屋敷に一人きりだからだろう。

「おにいさんもお母様がいないの？」

「そうです」

「会いたい？」

「そうですね。できることなら会いたいです」

「私もお母様に会いたいわ。でもお母様のお話をするとお父様が悲しそうになるから駄目なの」

しょんぼりと告げる言葉は幼いながらに父親を気遣うものだった。俺が母を亡くしたのは十二歳だったが、ロゼリア様はもっと幼い頃だそうだ。記憶から薄れていく母親を忘れたくなくて、一生懸命俺に思い出話をする姿に切なくなる。モンタニーニ公爵様は、領民にとても心を砕いて慕われている。その気持ちをなぜロゼリア様にも向けて下さらないのかと腹立たしくなった。彼女は俺が他人だから胸の内を口にすることができるのだ。普段は貴族令嬢らしく振る舞おうと心掛けているから、弱音を人には言わない。でも俺が話し相手になることでロゼリア様の慰めになれているとしたら俺にとっては本望だ。

仲良く話をするがロゼリア様は俺の名前を聞かなかったし俺も名乗らなかった。俺は身分差を忘れない戒めのために、一線を引く意味で「おにいさん」のままでいた。

体も回復した頃、執事に話があると言われた。

「騎士か文官に？」

「ええ。どうやら読み書きや知識に問題がなさそうですし、護衛の実績を考えれば騎士も目指せます。十八歳ならどちらの試験も受けることができます。護衛の仕事よりも給料は下がりますが、長期的に見たらいい話だと思います。よければ推薦状を用意しましょう」

実力で文官または騎士になれば異国人でも身元が確かだと判断される。差別はなくならなくても自分自身の地盤ができる。

「ありがたいお話ですが、なぜ俺に？」

「ロゼリア様が護衛を続けてカルロがまた怪我をするかもしれないと心配しています。それと私個人としては、ロゼリア様が楽しそうに笑う姿を久しぶりに見ることができたお礼です。旦那様がいない時は私の采配で推薦状を出すことを許されています。何よりもロゼリア様の意向ですから」

「それなら騎士に。いつかロゼリア様を守れる騎士になりたいです」

そう返事をすると執事は目を柔らかく細めひとつ頷いた。

「そうですか。ならば最初から王立騎士団ではなくマッフェオ公爵様のところへの推薦状を用意しましょう。マッフェオ公爵様は騎士団長ですが、公爵家の自兵も強く、また待遇もいいと聞きます。まずはそちらで鍛えてから、王立騎士団の試験を受けるのがいいでしょう」

現在、辺境で隣国との小競り合いがある。王立騎士団に入ると有無を言わさず辺境に行かされる可能性があることを心配してくれたようだ。マッフェオ公爵家ならば実力が不確かな者を実戦には投入しない。

「ありがとうございます」

推薦状があるのとないのでは大違いだ。それもモンタニーニ公爵家からのだ。心遣いに感謝し俺は腰を折り深く頭を下げた。母を亡くしドマニに感謝しながらも、流されるように目的もなく漠然と生きて来た。だけどこの瞬間、いつかロゼリア様をお守りできる騎士になりたいという夢ができた。俺は無意識に母さんのペンダントを握りしめていた。

俺は推薦状を持ってマッフェオ公爵家の騎士団に見習いとして入団した。正騎士になったあとはマッフェオ公爵家と契約を結んで働いても良し、王立騎士団への試験を受けるのも良しとのことだ。もちろん俺は王立騎士団へ行く。国の騎士団でロゼリア様に恩返しがしたい。

マッフェオ公爵様は大らかな人物で、平民でも傭兵上がりでも異国人でも実力さえあれば歓迎してくれた。ドマニが鍛えてくれたおかげで俺はなかなかの実力を見せることができ、正式に騎士となれた。そしてそれなりに遇されるようになった。

マッフェオ公爵家にはお子様が三人いる。嫡男のアロルド様は父親である公爵様によく似た長身で分厚い筋肉に覆われた体躯を持ち、その実力も秀でている。ゆくゆくは次期王立騎士団団長とも目されている。現在はマッフェオ公爵家の騎士団を取りまとめているが王立騎士団にも所属している。有事の際は王立騎士団を優先することになっている。次男のエドモンド様は公爵夫人似の線の細い優男といった風情で剣よりペンで己を活かしている。

公爵様は子供たちの将来は自分で決めさせる方針で騎士であることを強要しない。マッフェオ公爵家の末っ子で唯一の女の子であるクラリッサ様は可愛らしい方だが、甘やかされて育ったせいか我儘なところがある。いい意味で解釈するなら無邪気なのだろう。騎士たちは微笑ましく見ているが俺は苦手だった。

クラリッサ様はロゼリア様と同じ歳だが、二人を比べてしまうとクラリッサ様がとても幼く見えた。いや、ロゼリア様が大人びているのだ。周りはクラリッサ様をお姫様のように持て囃《はや》すが、俺には面倒な令嬢としか感じなかった。正直最初から印象が悪かった。

「カルロって髪も目も真っ黒ね。まるでカラスみたい。ねえ。この国の神話の一つにカラスが人を攫うっていうお話があるのよ。知っている?」

「いいえ………」

カラスが人を攫う? それは俺が人攫いをするような人間だと言いたいのか? 俺の生まれた国ではカラスは吉兆を示す鳥とされていた。国によって考え方が違うのは仕方ない。でも随分と酷い言い草だ。

「ああ、でも……。ううん。カラスよりも黒豹かも? 目の鋭さが似ているわ。獰猛な感じがする！」

「…………」

クラリッサ様はニコニコと一人納得している。俺にとってはどっちも最悪だ。クラリッサ様の言動は無邪気というより無神経だと思う。相手がどう思うのか想像して発言して欲しい。それとも自分は何を言ってもいいと考えているのか、とにかく彼女との会話はとても不愉快だった。

取り入るつもりはなかったので殊更無愛想に返した。それなのにクラリッサ様は頻繁に話しかけて来るようになった。どうせ黒目黒髪が珍しいからだ。そのうち飽きると思っていた。

「カルロって強いのね。みんなが誉めていたわ。私、強い人って好きよ」

満足そうに言うが別にクラリッサ様のために鍛えているわけではない。

「そうですか」

俺はあんたが嫌いだけどなとは、さすがに口にはしなかった。俺にだってそのくらいの分別はある。その後、順調にマッフェオ騎士団で実力を伸ばし一年後には王立騎士団の試験に合格した。

「カルロ。たまには顔を出せよ」

アロルド様と互角に打ち合えたことで彼に気に入られ何かと話しかけられる。アロルド様は見た目からは想像できないほど、気さくで優しい人物で人を差別することはなかった。アロルド様は王立騎士団にも所属しているのですぐに会うことになるだろう。

「ありがとうございます」

その後すぐに王立騎士団に入り訓練に参加して感じたのは、王立騎士団の騎士たちは何というか戦い方がお上品なのだ。それはマッフェオ公爵家の騎士たちも同じだった。騎士道精神を重んじるらしいが、護衛の仕事をしていた俺からすれば勝つためには手段など選ばない。崇高な考えで死んではたまらない。死んでから誉めそやされても嬉しくない。そう言ったら野蛮だと笑われた。

「騎士は常に正々堂々として清廉でなくてはならない」

「そうか」

ドマニはどんな汚い手を使ってでも生き延びることを優先しろと言っていた。俺もそれが正しいと今でも信じている。考え方は人それぞれなのでそれ以上は何も言わなかった。それでも相手は俺が納得していないことを察知したのか睨んでくる。そんな時は実力で相手を倒せば黙らせることができた。

騎士になってどうロゼリア様のお役に立てるかは分からないが、とにかく強くなることを目指した。

それから数年経ったある日、薬の納品のためにロゼリア様が騎士団に来ていた。もちろん話しかけることはできないので、陰からそっとその姿を見つめる。十七歳になったロゼリア様は可憐な花のように愛らしい。変わらず公爵家の仕事を手伝っている。先日街の警護をしていた時は孤児院や病院を訪問していたのを見かけた。やはり優しい人だ。その一生懸命な姿に自分が側で支えることができたらと一瞬頭を過《よぎ》ったが、平民である自分が彼女の側にいられる方法はない。もし生まれた時の身分があれば、いやそもそも王子と認められていなかったし、国を捨てた身ではどうにもならない。それに俺はたぶん王家の血を引いていない。想像すると虚しくなり、頭を振り馬鹿な考えを振り払った。

最近、なぜか王立騎士団の訓練場にクラリッサ様が訪ねて来るようになった。若い独身の騎士たちは浮かれて騒いでいるが正直邪魔だ。来る度に騎士たちにお菓子を配っているが俺は受け取らなかった。関わりたくない。

「カルロ。こないだお父様に勝ったそうね。すごいことよ。せっかくだから私も誉めてあげるわ」

「そうですか」

「もう、なんでそっけないの？　そこは喜ぶところでしょう？　もしかして照れているの？」

「……なぜ？」

彼女の言葉の意図が理解できない。話かけられてもまったく話が噛み合わない。できれば放って置いて欲しい。言葉が通じている気がしないが、無視するわけにもいかず仕方なく適当に相槌を打つ。

ある日、騎士仲間から思わぬ話を聞いた。彼は確か伯爵家の次男だった。

「お前知っているか？　手柄を立てれば一代限りだけど騎士爵が得られる。お前なら実力があるから何とかなるんじゃないか？　爵位だけじゃなく褒賞金と屋敷ももらえる。もちろん給金も上がるし、上手くすれば貴族令嬢と結婚もできるぞ？　クラリッサ様のために頑張ってみたらどうだ？」

「なぜクラリッサ様が関係あるんだ？　それより騎士爵を得れば俺でも貴族令嬢に求婚できるのか？」

「そうだけど。それよりお前、クラリッサ様が好きじゃないのか？　あんなに可愛いのに？　騎士たちは皆憧れているぞ」

「クラリッサ様のことは正直苦手だ」

「そうか。それなら俺にもチャンスがあるかもしれない」

そういえばこの男はクラリッサ様によく見惚れているな。それよりも手柄を立てればいいのか……。それが本当なら俺でもロゼリア様に求婚する資格を手にすることができる。俺は美しく成長したロゼリア様を見かけて、自分の気持ちに気付いた。美しいエメラルドグリーンの瞳は慈愛に溢れ、ブラウンの髪はしっかりと編んで真面目な人柄が滲み出ている。ロゼリア様は恩人ではあるが同時に俺は恋心も抱いていた。今は遠くからそっと見守ることしかできないが、いつかお側に……。叶わぬ想いだという自覚はあるが、それでも、もしかしたらと思わずにはいられない。叶うことなら一騎士としてではなく、伴侶として彼女の隣に立ちたい。だがここは前線ではない。そう簡単に手柄を立てられる機会はない。

以前から辺境では隣国との小競り合いがあったが、昨年から本格的に隣国が挙兵し激戦になっている。辺境に行って前線に出ることを考えた。危険なのは承知の上だ。つい先日もアロルド様が騎士を連れて応援に向かったが、さらに援軍の要請があると聞いた。俺は辺境行きを志願し仲間の騎士たちと出発した。

ちょうど我々が辺境に着いたのはアロルド様が左腕に敵からの毒矢を受け倒れた翌日だった。強い毒だったようで解毒が間に合わず左腕は絶望的だった。俺たちは辺境伯の指示を受け戦い、敵を退けた。今回志願して来た騎士たちは平民で俺のように護衛や傭兵上がりが多い。戦闘慣れしている者ばかりだった。辺境の騎士たちも荒くれ者が多く力を合わせ問答無用で相手を殲滅《せんめつ》した。俺は運よく敵の司令官の首を討つことができた。そしてしばらくすると停戦が合意された。俺がロゼリア様を守る騎士になりたいと誓いを胸に抱いて、モンタニーニ公爵邸を出てから五年が経っていた。

王都への帰還の時にアロルド様をマッフェオ公爵家へ送っていくことになった。

「情けない……父上にも会わせる顔がないな」

アロルド様は顔色が悪く辛そうだ。食事もあまり摂ることができなかったようで、すっかりと痩せてしまった。毒の後遺症で体に痺れが残り自由の利かない体になって憔悴している。左腕は麻痺してしまった。

「公爵様はきっとご無事を喜ばれますよ。終戦もアロルド様の活躍があってこそです」

「いや……カルロの活躍の足元にも及ばない。ところでお前は騎士爵を望んでいるそうだな。他の騎士から聞いたぞ。どうしてだ？　野心か？」

急に聞かれて面食らう。

「野心……と言われれば野心です。実は思いを寄せている令嬢がいて求婚したいと思っています。平民のままではできません。そのために爵位が欲しいのです」

「求婚か……。前線で危険を冒しても爵位を望むほど惚れているのだな。上手くいくといいな。まずは叙爵か」

「はい。一つお聞きしてもよろしいでしょうか？　まだ叙爵が決まったわけではないので気が早いのですが、貴族には求婚の作法とかあるのでしょうか？」

俺は自国でも貴族や王族と関わることがなかったので知識がまったくない。この国の貴族についても噂程度だ。叙爵の話を聞いた時に調べたが限界がある。アロルド様は静かに微笑んでアドバイスをしてくれた。

「そうか。求婚するならば花束を持って行くんじゃないか？」

「花束、ですか？」

「そうだ、意中の令嬢の好きな花か、相応しい花がいいな。ああ、その前にまずは令嬢の父君に求婚の許可をもらわないと」

なるほど。そういえばドマニも結婚を決めた時には花を渡していた気がする。モンタニーニ公爵様に許可をもらうのはなかなかハードルが高い。

「ありがとうございます」

「いや。きっとお前なら受けてもらえるだろう」

意味あり気なアロルド様の表情に首を傾げつつ、きっと励ましてくれたのだろうと受け取った。

戦後処理も落ち着くと俺は功績を認められて叙爵を受けた。ジョフレ伯爵となったのだ。大きくはないが立派な屋敷をもらい、褒賞金もかなりの額を受け取った。さらに昇格して隊長になった。

責任は重くなったがこれならばロゼリア様に求婚する体裁が整ったと密かに喜んだ。

モンタニーニ公爵様には、手紙でロゼリア様に求婚したいと伝えてある。返事が来るまで落ち着かない。断られる可能性を考えると不安で胃が捻じれそうだ。

アロルド様が徐々に回復していると聞き、お礼も兼ねて見舞いに行くことにした。屋敷を訪れればいつになく歓迎されて戸惑った。

「お久しぶりです。お元気そうでよかった」

「ああ、まあそれなりにな」

アロルド様は左腕が不自由でも前向きに暮らしている。奥方が献身的に支えていた。その二人が睦まじく並ぶ姿に、いつか自分もロゼリア様と並べたらと憧れた。お茶を飲み終えると辞去の挨拶をした。長居をしてはアロルド様のお体に障るだろう。

「今日は私の見舞いだけか？」

「？　はい。そうですが、何か他に用がありましたか？」

「いや、いいんだ」

アロルド様が残念そうに首を左右に振る。その時ノックもなしに扉が開いた。

「カルロ。来ていたなら私にも挨拶をするべきでしょう？」

「おい。クラリッサ。淑女がはしたないぞ」

「だって……」

心の中で舌打ちをした。できれば会いたくなかった。俺は本当にクラリッサ様が苦手だ。押しつけがましい態度に辟易する。だが立場がある。

「お久しぶりです。クラリッサ様」

「叙爵されたそうね。おめでとう」

「ありがとうございます」

「……」

「？」

クラリッサ様がもの言いたげに俺を見ている。叙爵されて金が入ったのに、手ぶらなのが不満なのか？　だが彼女に贈り物をする義理はない。

「カルロは気が利かないのね！　もういいわ」

クラリッサ様は頬を膨らませ部屋を出て行った。嵐のように騒がしい人だ。これ以上関わりたくなくてアロルド様に再び暇を告げた。

「では、失礼します」

「ああ、また来てくれ」

数日後、騎士団で鍛錬中に団長に呼ばれた。

「失礼します」

団長室に入ればマッフェオ公爵様が俺に笑みを向けている。そして嬉しそうに口を開いた。

「カルロ。我が家にはいつ挨拶に来るんだ？」

「？　何の挨拶でしょうか？」

「もちろん求婚のだ。クラリッサに求婚するんだろう？」

「まさか！　そんなつもりはありません。何か誤解があります！」

冗談じゃない。だが俺以上に公爵様は困惑している。

「カルロはクラリッサに求婚するために手柄を立てた。それほど爵位を欲していたと聞いた。家格を考えれば騎士爵でも不足だが、戦争であれだけの功績を挙げたのだし、実力のある者は大歓迎だ。だから受け入れるつもりでいた。私としてはアロルドがあんなことになったので、騎士としての実力を持つお前と、クラリッサの結婚は大賛成だ。何よりクラリッサはお前のことを慕っている」

「クラリッサ様が俺を？　何かの間違いでしょう」

いつも突っかかってくるのを思い出し顔を顰めた。どう考えても嫌われているとしか思えない。

俺の反応にマッフェオ公爵様は驚いて目を丸くしている。

「気付いてすらいなかったのか。それならばカルロは一体誰に求婚するつもりでいたのだ？」

「モンタニーニ公爵令嬢です」

「モンタニーニ公爵？　ああ、ロゼリア嬢か。お前は彼女と接点があったのか？」

「騎士になる前はモンタニーニ公爵家の荷の護衛をしていました。ロゼリア様は私の恩人なのです」

マッフェオ公爵は手を額に乗せると天井を見上げた。

「そうか。早とちりか。アロルドの奴め。クラリッサがいつもお前の話をしているから、好意を抱いているのは知っていた。だが身分差があるのでクラリッサも自分からこの話を私にはしなかった。今回の叙爵でクラリッサはお前が自分に求婚しに来ると思い込んでいる。アロルドもカルロがクラリッサに求婚するために手柄を立てたと言っていたから、てっきり相思相愛だと思っていた」

俺は焦った。クラリッサ様に誤解されるような思わせぶりな態度を取った覚えはない。はっきりいって塩対応をしていたつもりだ。それなのに相思相愛とは迷惑だ。

「違います。私はクラリッサ様に対して好意を抱いていません！　また誤解をされるような態度を取ったこともありません！」

「おい。そんなに強く否定するなよ。私の娘はそんなに魅力がないのか？」

少しムッとした反応に、そういえばこの人もクラリッサ様を溺愛していたことを思い出す。俺は彼女に魅力なんて感じない。むしろ嫌悪している。

「私がロゼリア様以外の女性を望むことはありません。それにクラリッサ様はいつも私にきつい言葉を言うので、私のことを嫌っているのだと思っていました」

「あれは……お前に構って欲しかったのだろう。気を引こうとしただけだ。だが、クラリッサにどう話せばいいのか……」

俺の知ったことか。本当はクラリッサ様のことは嫌いだと言いたいが、わざわざマッフェオ公爵様の不興を買うこともないと口をつぐんだ。クラリッサ様は家族全員から甘やかされて自分の願いは必ず叶うと傲慢に振る舞う。家族たちの中ではそれでいいが周りに求めないで欲しい。その考えが好きになれない。あの態度が好きな男に向けるものなら、俺は受け入れられない。心が狭いと言われても無理だ。

「私にはどうにもできません。誤解も解けたようですし、お話がこれだけでしたら失礼します」

俺は厄介ごとから逃げるように執務室をあとにした。後ろからマッフェオ公爵様のため息が聞こえたが気付かなかった振りをした。

クラリッサ様のことはこれで片付いたと思ったのだがそうはいかなかった。

マッフェオ公爵様と話をしてから数日後、本人が騎士団に乗り込んできたのだ。

「カルロ。なぜ私に求婚しないの？　ロゼリア様が好きなんて嘘でしょう？　あんな薬草臭い人なんてどこがいいの？」

俺はカッとなったが何とか自制した。女性に手を上げるわけにはいかないが許し難かった。

「ロゼリア様を貶めるのはクラリッサ様でも許すつもりはありません。私はあなたに好意を抱いたことは一度もありません。どうかあなたに相応しい人をお探し下さい」

「ひ、ひどい。私を馬鹿にして……きっと後悔するわよ！」

クラリッサ様は涙を浮かべると身を翻し帰って行った。さすがに女性を泣かせたのかと思うと罪悪感がある。苦い気持ちのままその日を過ごしたが、気持ちを切り替えて帰りに花屋に寄ることにした。ロゼリア様に贈る花束を選ぶためだ。王都でも一番大きい花屋に行った。

「いらっしゃいませ。どのような用途でしょう」

「女性に、その……求婚の時に贈る花を探しているのだが見させてもらっても？」

「どうぞ！」

笑顔の店員に案内されケースに保管されている綺麗な花を眺める。その中に惹かれる花があった。可憐で美しい白い薔薇、ロゼリア様に似合うと思った。

「白薔薇……」

俺のロゼリア様のイメージを体現したかのような花だ。控えめな甘い香りも彼女に相応しい。

モンタニーニ公爵様からは会って頂けるとの連絡が来て、その日は休みを取ってある。休みの日の朝に屋敷に届けるように注文して代金を支払った。

まずは求婚する許可だけはもらえた。あとはロゼリア様が受けて下さるかどうか。俺がロゼリア様に看病して頂いたことはもう覚えていないかもしれない。でも、もし心の片隅にあの二人で過ごした優しい時間を覚えていたならば……。俺は期待を胸に浮かれた気持ちで屋敷に帰った。

休みの前日、モンタニーニ公爵様から急ぎの手紙が届いた。俺はそれを読み終わるとショックで手紙を落とした。手紙の内容は俺にとって絶望的な知らせと公爵様からの詫びの言葉だった。

「ロゼリア様の婚約が決まった……。そんな……俺は遅かったのか……」

俺が前線に出ている間に……相手はピガット侯爵子息ステファノ。次男なので婿入りするのにはちょうどいい。ステファノは見目がよく社交に優れていると聞いた。控えめなロゼリア様を上手くフォローするだろう。何よりも身分が釣り合う。平民上がりで一代限りの伯爵位しか持たない男よりも相応しい。さらにピガット侯爵家という後ろ盾がある。自分とでは天と地の差だ。もし、先に自分が求婚していたとしても勝ち目はなかった。そう自分に言い聞かせた。

翌朝、花屋が白薔薇を届けた。もう用をなさなくなった美しい白薔薇の香りが、優しくしかし虚しく部屋に広がる。俺は行き先を失った白薔薇を呆然と見つめるしかなかった。

俺が失恋しても誰にも関係ないことだ。仕事は通常通りにこなす。だがこの虚無感を抱えて生きていけるのか。ああ……初めから分かっていたことじゃないか。俺とロゼリア様とでは釣り合わない。過ぎた望みだったのだ。

ある夜会の警護中にロゼリア様の酷い噂を耳にした。『散財好きで、男性の友人関係にだらしない。使用人に理不尽に厳しい』全部嘘だ。出鱈目《でたらめ》だ。ロゼリア様は誰にでも優しく親切だ。着飾るよりも仕事を優先し遊び歩いたりもしない。清廉な人だ。それなのにどうしてこんな噂が？

俺は出所を調査し突き止めた。犯人は意外な人間だった。

「なぜクラリッサ様がこんなことを？」

クラリッサ様が自分の取り巻きたちにロゼリア様の悪評を流させていた。俺はクラリッサ様に会いに行った。

「ようやく会いに来たのね？　せめて花くらい持ってきて欲しいわ」

久しぶりに見たクラリッサ様は、豪華なドレスを着てさらに美しくなっていたが居丈高《いたけだか》な態度には拍車がかかっていた。自分の優位を信じているその表情が醜く見える。

「……クラリッサ様。なぜロゼリア様の悪い噂を流したのですか？　それも全部嘘の内容だ」

クラリッサ様は呆れ顔で俺に言った。

「まだロゼリア様が好きなの？　あの人は婚約してもうすぐ結婚するわ。カルロには手が届かないのよ」

答えになっていない……。

俺がロゼリア様を好きだから嫌がらせに噂を流したのか。俺は怒りを抑えるために奥歯を食いしばり拳を握り締めた。

「……」

「あの人よりも私の方が美しいわ。本当に愛を捧げるべき相手が誰なのか、もう分かったでしょう？　ねえ、カルロ？」

甘えた声に吐き気がする。彼女は俺が自分に求婚することをご所望のようだ。そしてそうなることを確信している。衝動的に笑いそうになったが咄嗟に堪えた。だが口角が上がってしまった。彼女はそれを都合のいいように受け取った。クラリッサ様は微笑んで、俺が口を開くのを待っている。

「たとえ手が届かなくても、私が思いを寄せるのはロゼリア様だけです。あなたではない。私は愛してもいない女に結婚を申し込むような酔狂な真似はできませんよ。ご期待に添えず申し訳ありません」

「なっ！　カルロ、どうして？　なんで私を選ばないの？　よくも……よくも私に恥をかかせたわね……」

クラリッサ様は怒りに顔を歪めると持っていた扇子を俺に向かって投げつけた。まるで子供の癇癪だ。それを軽く躱《かわ》すと、悔しそうに睨みつけ部屋を出て行った。傅かれることが当然の彼女には俺の言動は許せないのだろう。彼女は本当に俺を好きなのか？　あれは愛している人間に対する態度じゃない。少なくとも俺にはそう思えた。きっと今までチヤホヤされてきて、そうしない俺を屈服させたいだけだ。もういい加減俺に絡むのをやめて欲しい。もっと相応しい男がいくらでもいる。

それよりもロゼリア様の噂をどうにかしないと……。俺のせいだ。俺のせいでロゼリア様が辛い思いをしている。ピガット侯爵子息は彼女を支えてくれているのだろうか。そうであって欲しい。本当は俺がロゼリア様を守りたかったのに、結果的に苦しめる原因になってしまっている。どうすれば噂を消せるのか分からず途方に暮れた。

俺は夜会の警備の時にロゼリア様を探した。会場で噂を囁かれきっと辛い思いをしている。どう詫びればいいのか、声をかける権利すら自分にはない。ダンスフロアーでロゼリア様を見つけた。ピガット侯爵子息の手を取り楽しそうに踊っている。よかったと思う反面、頬を染める姿に胸が軋んだ。そして自分への激しい憤りと彼女の手を取れない苦しみ、他の男のものだと思い知らされる絶望に胸を掻きむしりたくなる。自分じゃない男を選び、微笑む姿を見ることは耐えがたいほどの苦痛だった。

そっと見守るなどできそうもない。自分の中にある激情を自覚し苦しみはいっそう深まった。しばらくするとロゼリア様は結婚式を挙げた。クラリッサ様はやっと噂を流すのを止めたが、それでも俺に会いに来るように手紙が来る。それを無視し続けた。

俺は辺境の地への異動願いを出した。ロゼリア様を守りたい気持ちは変わらないが、今は自分以外の男と幸せそうに笑う姿を見るのが辛い。騎士団長であるマッフェオ公爵様は仕事上では公私混同をしなかったが、内心クラリッサ様を無下にした俺を不快に思っているようで、異動願いはあっさりと受理された。

半年後には引継ぎも終えた。そして明日は辺境へ出発する。団長に挨拶をして屋敷に戻ろうとしたその時、血相を変えたモンタニーニ公爵家の執事が慌ただしく駆け込んできた。

「何かあったのか？」

「これはジョフレ隊長様。どうか、どうか助力を。旦那様が馬車の事故に遭って崖から落ちたとの知らせが！　捜索隊を！」

捲し立てる執事を落ち着かせると話を聞き出した。俺はまず単独でモンタニーニ公爵様が事故に遭った場所に馬で向かうことにした。あとのことは部下に指示をした。公爵様に何かあればロゼリア様が悲しむ。無事を祈りながら一心に馬を走らせた。空が暗くなった頃、狭い農道の真ん中に人が立って大きく手を振っているのが見えた。

「なんだ？　人がいる……」

このままでは危険だ。俺は逸る馬を慌てて止めた。馬は大きく嘶きながらも止まってくれた。

「危ないじゃないか！」

「頼む。助けてくれ」

早く気付いたからいいもののなんて危ない真似を。注意しようと見下ろせば、それはモンタニーニ公爵様その人だった。公爵様は焦りを滲ませ必死な形相だ。

「まさか？　モンタニーニ公爵様ですか？」

「君は、私を知っているのか？」

「はい。騎士団の隊長をしているカルロ・ジョフレです。公爵様が事故に遭ったと聞いてここに来ました。ご無事でよかった」

公爵様は無事だった。情報が誤っていたのかもしれない。とにかく王都にお連れすればロゼリア様を安心させることができるとホッとした。

「私は大丈夫だ。それよりも娘が大変なのだ。ロゼリアを助けないと。頼む。私を馬に乗せて王都まで連れて行ってくれ！」

なぜロゼリア様が危険なのだ？　王都の屋敷にいて危ないことなどないだろうに。だが切羽詰まった公爵様の様子にとにかく王都に戻ることにした。

「ロゼリア様が？　急ぎます。飛ばしますので舌を噛まないように気を付けて下さい」

俺は半信半疑ながらも公爵様を馬に乗せ移動した。大きな軍馬で来ていたのは幸いだった。飛ばしていたので馬上での会話は無理だ。一度休憩を取った時に公爵様の話を聞いた。御者と怪しい男に襲われかけたが何とか逃げ出し身を潜めていたそうだ。そして男たちがいなくなったので王都に戻ろうとしていたところで俺と会った。さらにはロゼリア様も狙われているという。それを聞いて俺は休憩を切り上げ急いで馬を走らせた。深夜になってしまったがどうにか公爵邸に着いた。モンタニーニ公爵様は馬から下りると転がるように屋敷に入って行った。

「ロゼリア！　どこだ。ロゼリア！」

公爵様の必死な叫び声が響く。俺も馬を繋いだあと公爵様を追って屋敷に入った。俺は心のどこかでロゼリア様に危機が迫っているなんて信じていなかったのかもしれない。

屋敷に入ると公爵様がステファノに詰め寄っていた。異様な空気に眉を顰め部屋を見渡す。するとそこには棺が置かれ黒い布が床に落ちていた。なぜこんなものがあるのか……？

「嘘をつくな！　これは毒を飲んで苦しんだあとの状態だ。お前はロゼリアに毒を盛ったのだ」

「ち、違う。そうだ。ロゼリアは義父上が亡くなったと絶望して自ら毒を飲んだのです。私じゃない。私は殺していない！」

「お前を殺してやる！　許さない！　よくも私の娘を、私の愛する娘を‼」

ロゼリア様が死んだ……？　モンタニーニ公爵様の叫び声に耳を疑う。そんな馬鹿な。最後に見た彼女は幸せそうに笑っていたじゃないか。結婚して半年、今が一番幸せな時だろう？　俺は二人のやり取りが信じられなくて棺に近寄り中を覗いた。

そこには——青白い顔色の苦悶で目を閉じているロゼリア様がいた。

(信じられない……。どうしてロゼリア様が棺の中にいる？　早く出して差し上げなければ)

手を伸ばしその腕に触れれば氷のように冷たい。生きている人間の体温ではなかった。

(嘘だ、こんなこと。どうしてこんな姿に…………)

現実だとは思えないまま呆然としていると、公爵様が机の上にあった果物ナイフを握り振り上げる姿が視界に入り我に返った。

咄嗟にその腕を掴み止める。この人に人殺しをさせるわけにはいかない。

「放せ。止めるな！　この男を殺したあとならどんな罰でも受ける。だから――」

　何とか公爵様を落ち着かせたが混乱しているのは俺も同じだ。何が起こっているのか理解できない。それでも無意識にステファノを睨みつけた。

　公爵様はよろよろと棺に近づき縋り付く。

「ああ、ロゼリア。お父様だ、聞こえるか？　一人にして悪かった。これからは側にいる。だから目を開けておくれ……。頼む、ロゼリア。もう一度お父様と呼んでくれ……」

　公爵様の激しい慟哭が屋敷の中に響いた。その声をどこか遠くに聞きながら悪い夢を見ていると感じた。だから早く目を覚まさねば――。

　その後、ステファノを取り調べた。状況的にこの男がロゼリア様を手にかけたことは間違いないが、本人は無実を訴えている。たぶん心の中で自分は高位貴族だから許される、父親が何とかしてくれると思っている。ふてぶてしい態度で黙秘を続けている。さらには待遇が悪いと怒り出す。人殺しの分際でと思ったが、マッフェオ公爵様からはまだ我慢するように言われている。公爵様に限ってありえないとは思うが、もしも身分を考慮してステファノを見逃がすというのなら、俺がこの手で殺してやる。しばらくすると責任者を出せと騒ぐステファノにマッフェオ公爵様が会うと言った。

「マッフェオ公爵様。ここから私を出して下さい。冤罪で捕らえられているのです。父からも連絡が来ているはずです。あとこの男に処罰を」

　ステファノはマッフェオ公爵様に猫なで声で自分の釈放を懇願した。公爵様は愚かな男を嗤笑した。

「ふっ。冤罪だと？　モンタニーニ公爵邸のお前の部屋を捜索した。ピガット侯爵とお前がモンタニーニ公爵殺害の計画を企てた手紙を押収してある。また、侯爵が毒を入手した経路も明らかになった。証拠はそろっているのに呑気なものだ。ピガット侯爵は全てを認めすでに独房にいるぞ」

「嘘だ……父上が？」

ステファノは信じられないと驚愕《きようがく》している。マッフェオ公爵様はピガット侯爵家を徹底的に潰すために動いていた。モンタニーニ公爵様の殺害未遂にロゼリア様の殺害、たとえ高位貴族であっても間違いなく極刑だ。さらに絵画の贋作《がんさく》売買など余罪もある。

「それにこの件はジョフレ隊長を責任者に指名してある。私に何かを期待するな」

マッフェオ公爵様は俺の心中を察してか、好きに取り調べていいと許可を下さった。俺は容赦なくステファノを追及した。手を上げることも多かった。日に日に取り調べは苛烈になっていく。するととうとうステファノは自白した。

「そうだ。私がロゼリアに毒を飲ませた。公爵に暗殺者を差し向けたのもそうだ」

暴力から解放されると信じて安堵した顔が滑稽だ。どの道お前の行く先は地獄だ。

「そうか。お前がロゼリア様を殺したのか」

その日は敢えて何もせずに牢に戻した。でもこれで終わりじゃない。次の日も取り調べを続けた。そう簡単に解放するつもりはない。ロゼリア様の苦しみを思い知らせるために。

「これは違法だ！　やめろ！　清廉な騎士がやることじゃない」

人を殺した男が法に縋るのか？　俺は清廉な騎士になった覚えはない。戦争では卑怯なことをして人を殺して手柄を立てた。今更高潔な人間ぶる気はない。

俺はこの男がロゼリア様を幸せにしてくれると、信じて身を引いてしまったことを心から悔やんだ。こんなことになるのなら攫《さら》って逃げてしまえばよかった。

「あいにく私は清廉な騎士になった覚えはないし、違法であることは分かっている。だが止めるつもりもない。いずれその責任はお前が断頭台に立ったあとに取るさ」

「だ、断頭台？」

絶望の表情を浮かべたステファノに俺は口角を上げた。恐怖に怯える姿が無様だった。騎士団、特に低位貴族や平民上がりはモンタニーニ公爵家に感謝していた。病が流行した時に金がなくてもモンタニーニ公爵家から薬を受け取っていた。それ以外にもロゼリア様は、街に出て孤児院などでも救済活動をしていた。ロゼリア様は大勢の人から慕われていたのだ。そして今、ロゼリア様を失い悲しみに暮れるモンタニーニ公爵様に誰もが同情している。その分、ピガット侯爵家とステファノに向けられる憎しみは大きかった。

「お前の処刑が決まった。明日早朝だ」

「あ、明日？　そんな……父は、家は、どうなったのだ？」

ビガット侯爵はすでに処刑され、家も断絶になったことを教えてやれば、ステファノは項垂《うなだ》れもう一言も発さなかった。だが処刑寸前、断頭台の前で抵抗した。騎士はそれを押さえつけ執行した。ステファノの首が落ちた瞬間、刑場に集まった民は大きな歓声を上げそれが空に響き渡った。

この男が死んでも、ロゼリア様はもう、戻らない――。

カルロの心の中は空虚だ。ステファノがいなくなったことで心の糸が切れてしまった。夜に眠ろうとすると夢の中でロゼリア様の助けを呼ぶ声が聞こえてくる。うなされ目を覚ましては、ただ仕事をするだけの日々。これからどうやって生きていけばいいのか分からない。

モンタニーニ公爵様は爵位を遠縁に譲ると領地に戻って行った。そこには奥様とロゼリア様が眠っている。数か月後、公爵様が病に倒れ呆気なく亡くなったと聞いた。

なぜロゼリア様は死なねばならなかったのか。俺は何をしていたんだ。彼女を守ると誓って騎士になりながら、結局は役立たずのまま彼女を死なせてしまった。守れなかった。俺は辺境行きを撤回し騎士団を辞めた。そしてモンタニーニ公爵領に向かった。

俺は白薔薇の花束をロゼリア様の墓に手向けた。もっと早く渡したかった。こんな形ではなく、生きているロゼリア様にこの手で渡したかったんだ。

「ロゼリア様。あなたを守れなくて申し訳ありませんでした。俺は、騎士になったのに何もできなかった……」

時間が過ぎるのも忘れて佇む。悔恨と自戒の思いで心も体も鉛のように重い。どれほど時間が過ぎたのか……。突然脇腹に痛みが走る。俺はゆっくりと後ろを向いた。そこには男が血まみれの短剣を握り俺を睨んでいる。不思議に思い腹に手をやればべったりと血がついた。

「お前がいけない……クラリッサ様を悲しませたりするから……」

　血走った目で男はそう言うとじりじりと後退りをした。そして短剣を捨てると身を翻し走り去った。あの男は確か……クラリッサ様に求婚したいと言っていた、伯爵家の次男だったか……。油断したとはいえ気配にまったく気付かなかった。俺は自嘲を浮かべると脇腹を押さえながら膝を地面についた。脇腹を押さえる手の間からドクドクと血が溢れ出していく。

「ははは……。これは報いか……ロゼリア様を守れなかった……俺に相応しい死にざまか……」

　そのまま地面に倒れ込んだ。身じろぎをして仰向けになり空を見上げる。いつの間にか夜になっていた。月は雲に隠れ星も見えない。静寂な闇の中、俺はここで一人で逝くのか……。このまま死ねばロゼリア様の側に行けるかもしれない。ふと母と旅をしていた時のことを思い出した。そうだ、ペンダント……。形見のペンダントを首元から取り出した。血で濡れた掌で黒く丸い石を握りしめる。

　母さんごめん。一生懸命俺を生かそうとこの国に導いてくれたのにこんな結果になって。ずっと助けてくれていたドマニにも申し訳ないな。謝らないと……。そういえばずっと連絡をしていなかった。顔を出すと約束していたのに。ごめん。

　体が寒い。凍えてしまいそうだ。俺は震える手でロゼリア様の墓石に手を伸ばした。

「今度は……あなた、の……お側に…………」

　視界が闇に覆われる。そのまま意識を手放し己に訪れる死に身を委ねた。

　俺は一度目の人生を終えた――――。

第六章　贈られた奇跡

「おい、カルロ。カルロ。起きろ」

ハッと目を覚ますと、そこにはモンタニーニ公爵家の荷物の運搬責任者がいた。確か名前はトマスだ。この人は俺を異国人だと差別しなかった数少ない人だ。

ここはどこだ。俺は死んだはず。ロゼリア様の墓の前で脇腹を刺されて致命傷だった。それなのに一体これは……。俺は夢を見ているのか？

「お前が寝坊なんて珍しいな。もう少ししたら出発するぞ。朝食を摂るつもりならもう起きろ」

「あ、ああ……」

俺は……生きているのか？　俺は自分の姿を確認した。手や体が記憶よりも細い。筋肉も少ない。室内を見渡せば平民の利用する宿ようだ。この光景には覚えがある。モンタニーニ公爵領から王都に薬の荷を届ける旅の時に寝泊まりした部屋だ。背中に手を当てれば傷跡がない。俺はトマスを庇い背中に大怪我を負った。その傷がないということはそれよりも前の時間ということだ。

部屋の鏡で自分の姿を見れば俺は若返っていた。時間を遡って生き返ったのか？　もしこれが現実なら――。真っ先に考えたのはロゼリア様のことだ。きっとロゼリア様も生きている。

死に戻り……俺は過去に戻って来た。荒唐無稽《こうとうむけい》な話なのに不思議と俺はそれを受け入れた。ロゼリア様の死を受け入れたくない願望が、それを信じさせた。ふと思い出して首元を探る。

母さんの形見のペンダントを取り出すと、黒い石が白く変わっていた。

「……母さんの力なのか？」

母さんには予知の力があった。でも時間を戻ることなんてできるのか？　分からない。とりあえず起きて朝食をもらい、食べ終わるとすぐに出発した。俺は三台ある馬車の一番後ろの荷を守りながら周辺を警戒する。もうすぐ王都に着く。護衛のメンバーの顔を見ながら時期を特定する。たぶんあの襲撃された時に戻って来た。もう少し進んだところで盗賊が出るはずだ。

すると突然先頭の馬車の馬が激しく嘶《いなな》く。後ろを振り返れば、見るからにガラの悪い盗賊のような集団が現れ前も後も囲まれた。異国の言葉を話す男らは剣を抜き襲いかかってくる。俺は抜刀すると次々に切り捨てた。荷の前方では罵倒する声が聞こえる。

とにかく目の前の敵を片付けながら荷を守りつつ、前方の護衛たちの援護のために移動する。すでに何人かが倒れていた。深手を負った者はいなそうだが劣勢だ。俺に気付いていない賊に背後から不意を突き切りかかる。その中でも手練れの一人と激しい打ち合いになった。するとトマスが何かを叫んでいる。そちらを見れば王都の方角から騎士が数人こちらに向かって馬を走らせている。援護の騎士たちだ。こちらから送った知らせはまだ届いていないはずなのに随分とタイミングがいい。とにかく助かった。前回は死傷者が出た。今回は軽症者くらいはいるだろうが大事には至らなそうだ。

援護の騎士を見た賊が諦めたのか撤退を始めた。深追いする必要はないが俺が相手をしている賊は仲間を逃がす時間稼ぎのつもりか激しく攻撃してくる。

目の端にトマスが尻もちをついたのが見えた。近くの賊がトマスに向かって剣を振り上げた。まずい。俺は目の前の男の剣を強く弾き返すとトマスに駆け寄った。トマスを襲おうとした賊を切り捨てたが、さっきの手練れに背を向けてしまい避けられず切られた。背中に焼けるような鋭い痛みが走る。すぐさま向きを変え賊に切りかかるも、痛みで動きが鈍りその隙に逃げられてしまった。

「トマスさん、無事か？」

「ああ、私は大丈夫だがお前が……」

「これくらいならたいしたことはない」

とはいえ出血が多い。トマスさんは青ざめた顔で手当てをしてくれた。止血さえできていれば大丈夫だ。そのまま王都の屋敷から来た騎士たちとやり取りを済ます。

「カルロ。王都まで我慢できるか」

「ああ、平気だ」

襲われると分かっていたのに警戒が足りなかった。怪我をするなんて無様だ。俺はそのまま馬に乗って王都の公爵邸に移動した。新たな賊が出ることなく無事に着いたが、背中の傷から再び出血してしまった。酷い貧血になり公爵邸に入った途端、俺は意識を失った。

『――早く起きて、カルロ。私の愛しい息子。さあ、起きなさい。そして自分の力で今度こそ幸せを掴み取りなさい。あなたは運命を変えることのできるかけがえのない存在なのだから――』

眠っている間にとても懐かしい声を聞いた気がする。あの声は……。意識が浮上すると眩しさを感じゆっくりと瞼を上げる。少しだけ首をもたげれば広い部屋の清潔なベッドの上にいた。俺は助かったのか。それでもまだ意識はぼんやりしている。すると可憐な少女の声が聞こえた。

「おにいさん、おにいさん、大丈夫？」

「……えっ？」

目を開ければ記憶よりも幼いロゼリア様がいた。いや、一回目の人生で初めて会った時のロゼリア様だ。綺麗なエメラルドグリーンの瞳が心配げに俺を見ている。その姿に呆然とする。

（ロゼリア様が生きて……動いている！）

彼女は早口で何かを言っているが頭に入ってこない。それよりも懐かしいその姿に思わず手を伸ばし華奢な腕を掴む。ああ！　幻じゃない。温かくて……本物だ。生きている。目の奥が熱い。喉が詰まって涙が出そうになる。ロゼリア様は俺の手を引っ張った。起こそうとしてくれたようだ。腹筋を使って起きようとすれば背中に激痛が走り動きを止めた。

「うっ……」

「おにいさん、ごめんなさい。痛かったわよね。ゆっくり起きないと。背中の怪我は酷くてたくさん縫ったのよ」

心配そうな表情で俺の背中の傷に触れないようにクッションを置いてくれた。俺は目頭を押さえ涙を堪えようとしたが無理だった。誤魔化すために俯いた。

少し落ち着くとロゼリア様はスープを侍女に用意させた。そしてスプーンでスープを掬うと俺の口元に運ぶ。

「えっ……」

目を丸くしてスプーンを見る。一回目の人生の時はこんなことはなかった。もしかしてこれは「あ〜ん」というやつか？　きっと彼女は傷が痛むのを心配してくれているだけだ。特別な意味はないと分かっていても気恥ずかしい。今の俺の精神年齢は二十四歳なのだ。大人の感覚なので思わず困惑し躊躇してしまった。ロゼリア様に無邪気に急かされ、おずおずと食べさせてもらう。

（生き返った上に、これはご褒美か！）

正直、恥ずかしさでスープの味は分からなかった。飲み終わるとロゼリア様は満足そうに頷いた。そして何かして欲しいことはないかと訊いてきた。俺は名前で呼んで欲しいと頼んだ。

一回目の人生で後悔していた。諦めたりせず攫ってしまえばよかったと。でも、どうせなら攫うのではなく堂々と彼女に求婚したい。そのためにはまず名前を呼んでもらって、俺のことを覚えて欲しいと思った。

ロゼリア様はエメラルドグリーンの瞳を柔らかく細めると、少し頬を染めはにかみながら「カルロ」と呼んでくれた。ロゼリア様は俺より四歳年下だったはずだから今は十四歳だ。あどけなさの残る可愛らしさに悶えそうになる。おかげでしばらく背中の痛みを忘れることができた。

ロゼリア様は休むように言って部屋を出ていった。俺は部屋のカレンダーを見た。

「やっぱり過去に戻って来たんだ」

あらためて確認すると十八歳に戻っていることがはっきりした。ロゼリア様の話だと俺は五日間も眠ったままだったらしい。相当心配してくれていた。前回の傷は今回より深かったがもっと早く意識が戻っていた。今回は時間を戻ったせいで目覚めなかったのかもしれない。

「俺は……やり直せるのか？　それならば今度こそ彼女を守ってみせる。もう間違えたりしない」

療養を続けると段々と動けるようになり、リハビリを兼ねて柔軟を始める。すぐにでも騎士を目指し叙爵を受けたい。今度はステファノより先に彼女に結婚を申し込むと決めた。

「カルロ！　傷が開いてしまうわ」

「これくらい平気です」

ロゼリア様は心配性で俺が無理をしないか監視している。温かい気持ちになる。幸せだ。前回は身分を考えて距離を取ったが、今回はなりふり構わないことにした。親しくなりたい、その気持ちに忠実に行動した。

俺は公爵邸の本邸でまるで客のような待遇で療養させてもらっている。前回、モンタニーニ公爵様は領地にいて不在だったが今回は王都にいる。ロゼリア様と楽しそうに話をしている様子をよく見かけた。それを嬉しく思う。ロゼリア様は一回目の人生で見た寂しそうな表情ではなく心からの笑顔だ。

ロゼリア様は時間が空くと俺の部屋に顔を出す。前回以上に色々な話をした。俺は前回と同じ質問をロゼリア様にした。どうしても同じ返事が聞きたかった。

「俺の髪とか目の色、気持ち悪くないですか？」

それでも不安はある。もしも彼女が返事を躊躇ったらと。ロゼリア様は間髪を容れずに答えた。

「思わないわ！　だってすごく綺麗だと思う。特に瞳は吸い込まれそうなほど綺麗な黒色だわ」

「えっ⁉」

「あ、あの、とにかく綺麗ってことよ」

彼女は頬を染めて目を逸らす。吸い込まれそう？　それは誉めてくれたのだよな？　とにかく嫌がられていないと分かって安心した。

毎日色々な話をする。旅をした時の話をせがまれた。

「旅は楽しかった？　船に乗ったの？　私は海を見たことがないの。綺麗だった？　青い？」

遠くを見る目で海を想像している。俺は母さんと過ごした海の見える街が懐かしくその話をした。ロゼリア様は瞳をキラキラと輝かせ楽しそうに聞いていた。

「一度でいいから海を見てみたいな」

「いつか、一緒に行きましょう」

俺は思わずそう答えた。いつか本当に叶えたい……。

「そうね！」

穏やかな日々を過ごし俺の体がすっかり回復した頃、モンタニーニ公爵様が騎士か文官を目指さないかと声をかけてくれた。

「俺は……公爵様。もし許して頂けるなら、俺はロゼリア様の騎士になりたいです」

意外なことに公爵様は否定せず静かに微笑み頷いた。俺のような身元の不確かな者を嫌悪しない。

「そうか。きっと君は立派な騎士になるだろう。ところで騎士になりたいだけか？」

公爵様は俺の心を見透かしているのだろうか？　最初から俺に好意的だったとは思っていたが不思議に思い訊《たず》ねた。答えは「ロゼリアが懐いているから、いい奴だと思った」たったそれだけのことで俺を信じてくれた。だから欲が出てしまった。

「俺は異国人です。でも、もし、功績を挙げて騎士爵を手に入れたらロゼリア様に求婚する許可を頂けますか？」

公爵様は目を丸くした。俺がそこまではっきり言うとは思わなかったのだろう。そして愉快そうに口元を綻ばせた。その表情はロゼリア様にそっくりだ。彼女のブラウンの髪と口元は父親似のようだ。人を安心させるような優しい微笑みは同じだった。

「そうだな。もしロゼリアが望めば許してもいいぞ。騎士爵を目指すのなら王立騎士団に行くのか？」

緊張しながらも勇気を出したが、あっさりと許してくれた公爵様の反応には拍子抜けした。でもありがたい。

「はい。そのつもりです」

「では推薦状を書こう」

「ありがとうございます」

公爵様は温かく笑った。この優しい人に娘を失う絶望を与えたくない。公爵様は寛大だ。公爵令嬢であるロゼリア様の隣には、異国人でしかも平民の俺ではたとえ騎士爵を得てもまだ不足だ。それなのにロゼリア様次第だと言ってくれた。気休めではなく真摯な言葉だった。チャンスをくれたのだ。俺は感謝を込めて深く頭を下げた。

今回はマッフェオ公爵家の騎士団には行かず、王立騎士団の試験を受ける。だからクラリッサ様に接触することはない。だがもし彼女がロゼリア様を苦しませるようなことをするのなら俺は……。

出発の朝、ロゼリア様はわざわざ見送って下さった。

「カルロ。無理しないでね。もし怪我をしたりお腹を壊したりしたらここに来てね。お薬あげるから」

真剣な表情で思いつめたように言う健気な姿が愛おしい。彼女はいつだって一生懸命だ。

「お腹……、ふっ、はい。分かりました。……ロゼリア様。聞いてもいいですか？」

俺はこの先の道を誤らないために、もう一度ロゼリア様に質問をした。

「いいわよ。なあに？」

一呼吸して真っ直ぐに彼女の目を見た。

「……俺の髪と目の黒い色を汚いと思いませんか？　怖いと思いませんか？」

ロゼリア様は口をぽかんと開けて目を瞬く。

「カルロ、それは前も聞いたわね？　忘れちゃった？　ふふふ。私、そんなこと思わないわ。すごく綺麗な黒色だと思う。そうだ。オニキスと同じ色よ。オニキスってパワーストーンっていって守ってくれる石なの。同じ黒色で素敵だわ」

柔らかい笑みを俺に向け力強く伝えてくれた。

ああ、ロゼリア様は何一つ変わらない。一回目の人生の時も同じように不吉だと言われている黒色を守る石と重ねてくれた。もう一度、その言葉が聞きたかった。俺は今度こそロゼリア様を守り抜くと決意を新たにした。

「ロゼリア様。覚えていますか？　以前俺の願いを聞いてくれるって言っていたことを」

療養中にロゼリア様に頼みはないかと聞かれ一つは分厚い肉が食べたいと伝えた。あれは気に病む彼女を納得させるための頼みだったが、もう一つは今伝える。これこそが本当の望みだ。

「もちろん覚えているわ。決まったの？」

「はい。俺、強い騎士になります。そしたらロゼリア様をお側で守らせて下さい」

宣言する。この言葉が彼女の心の中に残ることを祈りながら。ロゼリア様は破顔した。

「カルロは私の騎士様になってくれるの？　嬉しい！　待っているわね」

「その時が来たら必ずあなたを守ると誓います」

ロゼリア様はたぶん本気にしていない。でも必ずあなたのもとに戻る。

(どうかそれまでは、誰のものにもならないで下さい)

そう強く願った。

俺はモンタニーニ公爵邸から王立騎士団に向かった。着くと騎士団長であるマッフェオ公爵様に挨拶をして推薦状を渡す。連絡してもらっていたのですぐに試験を受けることができた。最初は弱い相手と順番に手合わせをする。二回目なので相手の癖や弱点を覚えている。勝ち抜くのは簡単だった。最後はマッフェオ公爵子息のアロルド様だった。彼は実力者なので苦戦したがどうにか一本取ることができた。すると周囲からわっと歓声が上がった。

王立騎士団は誇り高く余所者でも差別や排除をしないと言われている。一回目の人生でも思ったがさすが素晴らしい騎士団だ。上品すぎなければ完璧なのにと少し残念に思った。以前の記憶を頼りに人付き合いをしていけば簡単に打ち解けることができた。すっかり馴染んだ頃、辺境の前線に行くことを希望した。すると騎士団長に呼び出された。

「カルロの実力は認めるがまだ若い。そんなに焦って功績を急がなくてもいいのでは？　それとも何か理由があるのか？」

「早く手柄を立てて騎士爵を手に入れたいのです」

「ほう。野心があるのはいいことだが目的は？」

「モンタニーニ公爵令嬢に求婚する資格が欲しいのです」

恥も外聞も捨ててはっきりと告げる。前回は俺が騎士爵を望んだのはクラリッサ様への思慕だと誤解されていたからだ。マッフェオ公爵様は唖然としている。入団して間もないのに不純な動機だと思っているのかもしれない。

「求婚？　モンタニーニ公爵令嬢、ロゼリア嬢か？　確かクラリッサと同じ年だったな。彼女が好きなのか？」

「はい。ここに来る前にお世話になりました。お慕いしています。もし求婚できなくても親切にして下さった恩を返したいのです」

マッフェオ公爵様は呆れとも取れる表情をしたがすぐに真顔になった。

「そうか。ならば今回の辺境行きに入れておく。気を引き締めて行け」

「ありがとうございます」

王都での仕事だと大きな功績を得るのは難しい。だからある程度実力を認められたところで志願したのだ。前回同様隣国が挙兵し、辺境伯からの要請でアロルド様が騎士を率いて辺境に行くことが決まった。俺も一緒に行けることになった。俺には前回の記憶があるから有利だ。上手くいけばアロルド様が毒矢を受けることも防げる。程なく王都を出発した。

辺境は激戦になっていた。俺は前回の戦況を思い出し敵の司令官の位置を確かめた。偶然知ったことにして、アロルド様の指示を仰ぎ隙をつく。上手く司令官を討つことができた。

そして停戦協定が結ばれることになった。早く終わったことで犠牲者の数も前回ほどではなく、アロルド様も無事だった。そして俺は無事に手柄を立てた。

「カルロは今回の功労者だな」

アロルド様だけでなく辺境伯様や辺境騎士団の騎士たちにも賞賛された。素直に嬉しかったが一番は叙爵の可能性を手に入れたことだ。爵位を得ればロゼリア様に会いに行ける。

王都に帰還するとマッフェオ公爵様に呼び出された。

「カルロ。お前の叙爵が正式に決まった。おめでとう」

「ありがとうございます‼」

俺は密かにモンタニーニ公爵様に定期的に手紙を送っていた。迷惑がることなく武勲を祈る返事をくれていた。心証を良くしておこうという下心だったがその甲斐はあった。

早速、叙爵されることが決まった報告とロゼリア様に求婚する許可を求めた。不安はあったが無事に快諾を得られた。ただし、ロゼリア様が拒絶した場合には断るとのことだった。

終戦に伴い騎士団は忙しくなってしまったので、モンタニーニ公爵様には二か月後に顔合わせをお願いした。

ある夜会の警備に就いた時にロゼリア様を見た。公爵様と楽しそうにダンスをしていた。弾けるような笑顔が眩しい。いつかその笑顔を自分にも向けて欲しいと思う。

その後、調べてみたがロゼリア様の悪い噂は流れていない。今回俺はクラリッサ様と一度も会ったことがないので、彼女のことはこれ以上警戒しなくても大丈夫だろう。

それでも他にもう一つ懸念事項がある。

前回、ロゼリア様の侍女が結婚詐欺に遭っている。詐欺師はかなり悪質な男でその侍女は後日遺体で発見された。モンタニーニ公爵家に報告に行ったら、対応に出た執事にはロゼリア様がショックを受けるのでこのことは言わないで欲しいと頼まれた。一回目の人生ではロゼリア様と再会する機会はまったくなかった。その後、詐欺師は隣国に逃げてしまい捕まえることができなかった。どうやら協力者がいたようだ。今回は必ず捕まえてみせる。俺は部下と共に調査にあたっているが詐欺師はなかなか姿を現さない。居場所の特定が困難なので、悪いとは思ったが内密に侍女を囮にして監視することにした。侍女には公爵邸で療養中に世話になっているので、なおのこと助けてやりたい。

しばらくすると結婚詐欺師の調査に進展があった。ロゼリア様の侍女に接触してきた男を調べて証拠を押さえていく。そしてとうとう捕縛することができた。この詐欺師は調べるほどクズであることが分かった。貴公子のような風貌だが中身は残虐非道な人間で、結婚を夢みる女性から言葉巧みに金を巻き上げていた。返済を求められる前に逃げるか、詰め寄られれば女性を手にかけていた。無事にロゼリア様に再会するまでに解決することができてよかった。侍女は金を貢いでしまいそれを取り戻すことは無理だったが、それでも命は守れた。

多忙にしている間に公爵様との約束の日が来てしまった。ロゼリア様に会える喜びはあるがそれ以上に緊張で胃が捻じれそうだ。今回こそ受け取って欲しくて白薔薇の花束を用意した。正式な騎士服に着替え勲章を着ける。ジャラジャラして邪魔だが功績を挙げた証でもある。さまになっていればいいが、とにかく彼女にいい印象を持って欲しい。屋敷を訪ねるとまずはモンタニーニ公爵様に挨拶をした。

「モンタニーニ公爵様。本日はロゼリア嬢への求婚をお許し頂きありがとうございます」

「カルロ、立派になったな。あの時の護衛が功績を挙げ爵位を賜わるなど、正直私は無理だと思っていたよ。でもカルロはそれを成し遂げた。それほどロゼリアを思ってくれているのなら文句はない。さあ、ロゼリアに会ってやってくれ」

「ありがとうございます」

直接会うのは三年振りだ。ロゼリア様は美しく成長していた。清楚な佇まいに見惚れてしまう。澄んだエメラルドグリーンの瞳は大粒の宝石のように綺麗だ。表情からはあどけなさが消えしっとりとした淑やかさがある。

「まさか……カルロ？　お父様、ジョフレ伯爵様とはカルロのことなのですか？」

ロゼリア様は目をまん丸にして俺を見ていた。公爵様は何も伝えていなかったようだ。

それでも俺を覚えていてくれたことに歓喜した。最初は戸惑っていたが頬を染め、はにかんで俺を見つめている。期待せずにはいられない。先日アロルド様に紳士的な求婚を指南してもらっている。上手くできるといいが。

「ロゼリア嬢。本日はお時間を頂きありがとうございます。お会いできて光栄です。これをあなたに」

緊張しながら花束を差し出すと、華奢な白い手がそれを受け取る。思った通り白薔薇がよく似合う。ただ大きすぎたようで彼女が抱えると顔が隠れてしまった。次はもう少し小ぶりにした方がいいな。それでも嬉しそうに微笑んでくれた。

「ありがとうございます」

俺は一度目を閉じ心の中で気合を入れた。一世一代のプロポーズだ。俺の気持ちの全てを伝えたい。

「ロゼリア嬢。あなたが好きです。たとえ騎士爵を得ても身分はあなたに相応しくないと分かっている。それでもあなたの側にいたい。あなたを一生守ると誓う。絶対に裏切ることもないと約束する。だからどうか私との結婚を考えて欲しい」

俺は誠心誠意、自分の思いを伝えた。祈るような切実な思いを。もうあなたを絶対に諦めない。いざとなったら攫う覚悟もあるが、できれば公爵様に祝福して頂きたいから最善を尽くす。前回ロゼリア様を失った公爵様の慟哭を鮮明に覚えている。もう誰かの悲しむ姿を見たくない。

俺の言葉を聞くとロゼリア様は顔を真っ赤に染めた。少し迷うように目を泳がせる。彼女の様子に断られるのかもしれないとハラハラする。だがすぐに迷いを振り払うように俺を真っ直ぐに見た。

「カ、……ジョフレ伯爵様は本当に私でいいのですか？　身分のことは父が許した以上私は気にしていません。それよりも私は地味で特別優れたところもありません。もし、以前の看病のお礼で恩を返すつもりならば無理をしないで下さい」

彼女はなぜ自分を地味などと言うのか。俺にとってロゼリア様以上に素晴らしい女性はいない。慈悲深く思いやりがあり可憐で……どうしたらそれを分かってもらえるのか……。

「確かにあの時のことはとても感謝している。恩義もあるが、それ以上に愛しているから申し込んだのだ。それとあなたは自分のことを地味で優れたところがないと言ったが、そんなことはない。あなた以上に勤勉で優しく可愛くて素敵な女性を私は知らない。私は髪と瞳の色から一目で異国人だと分かる。戦争での功績を認められたとはいえ、結婚すれば社交界であなたの足を引っ張る可能性が高い。ロゼリア嬢の幸せを願うなら身を引くべきだが、それでも私はあなたの側にいたい」

俺はロゼリア様の目を真っ直ぐ見つめこの思いを言葉にした。ロゼリア様は顔を真っ赤にすると少し逡巡してから口を開いた。

「ありがとうございます。ですが突然のことですので、まずは交流を深めてからお返事をさせてもらってもいいですか？」

「ああ、今はそれで十分だ」

断られなかったことに心からホッとした。即答はしてもらえなかったが、ロゼリア様からは求婚を受ける前提で交流を持とうと言われたのだ。まずはこれで満足だ。

俺は求婚してからできる限りモンタニーニ公爵邸を訪れた。もちろんロゼリア様の顔が見たいからだ。最初の時よりは持ちやすい数に減らした白薔薇の花束を持って行く。彼女は屋敷中が白薔薇でいっぱいで幸せだと笑う。多すぎて迷惑かと悩んだが、それで俺の存在を感じてくれるなら嬉しいと贈り続けた。

ロゼリア様はいつもはにかみながらそれを受け取る。その度に彼女の心に近づいている気がした。屋敷に行けない時は花屋に手配をして届けてもらった。俺のことを忘れないで欲しかった。

俺は彼女に楽しんで欲しくて流行の歌劇やドレス、アクセサリー、お菓子などの話題を振った。最初は熱心に聞き入っていたが途中から悲しそうに眉を下げた。どうしたのだろうか。不愉快になることとでも言ってしまったのかと焦った。

「ジョフレ伯爵様は流行に詳しいのですね。どこから情報を得ているのでしょうか？　その、もしかして女性とお話しする機会が多いのかと思ったので……変なことを聞いてしまってごめんなさい」

　もごもごと言いにくそうに打ち明けるが、これは純粋な疑問ではなく他の令嬢と懇意にして、そこから情報を得たのかを案じているようだと、さすがに俺でも察することができた。ここは変に誤魔化して誤解されては困るので事実を伝えることにした。ただ情報源を告げるのは格好悪い気もしたが……。

「実は騎士団の騎士たちから聞いたんだ。皆モテたくて色々と情報収集しているのでそれを共有させてもらっている。部下たちには冷やかされてしまうが……」

「まあ、そうだったのですね」

　ホッとする姿に誤解が解けたと安堵した。

　二か月ほどの交流のあと、ロゼリア様から大切な話があると呼ばれた。きっと求婚の返事だ！その日は白薔薇の花束とダイヤモンドの指輪を用意した。心の中で断らないでくれ！　と念じた。

　ロゼリア様は緊張で顔が強張っている。俺はそれ以上に緊張して体が固まっている。彼女は深呼吸を繰り返すと意を決したように桜色の唇を開く。

「ジョフレ伯爵様。結婚の申し込みをお受けします」

「ああ！　ありがとう。感謝する」

　俺は喜びのあまりに大きな声でお礼を言った。少しだけ見つめ合うと、俺は大切なことを思い出して立ち上がった。ロゼリア様の前に跪く。ポケットに入れておいたダイヤモンドの指輪を取り出し、ほっそりとした白い華奢な手を持ち上げその指に嵌めた。

「必ずあなたを守り幸せにすると誓う」

その誓いの言葉にロゼリア様は瞳を潤ませながら微笑んだ。

「はい……」

そのまま指先に誓いを込めてそっと口付けを落とした。ロゼリア様の顔が真っ赤に染まった。首や耳も赤く熟れた果実のようで可愛い。だが少し気障《きざ》だったかもしれない。俺も恥ずかしくなってしまった。

すると部屋の外から「わあわあ」とはしゃぐ声が聞こえる。二人できょとんと目を見合わせ首を傾げる。俺は様子を見に少し開いていた扉から顔を出すと、ロゼリア様付きの侍女や他の使用人、それに執事がニコニコと喜んでいた。全部聞かれていたようだ……。みんなが一斉に「おめでとうございます」と祝ってくれた。俺は彼らにも受け入れてもらえたようで安心した。

そのあと、侍女が新たに淹れてくれたお茶に口を付け取り留めのない話をして過ごす。照れる気持ちはあるがそれ以上に心が満たされた。帰る前にモンタニーニ公爵様に時間を頂いてロゼリア様から求婚を受け入れてもらったことを報告した。

「どうか、ロゼリアを頼む。私の大切な娘だ。幸せにしてやってくれ」

「はい。必ずお守りし、幸せにします」

今回ロゼリア様は俺を選んでくれた。この僥倖《ぎょうこう》にあらゆるものに感謝したくなる。亡き母はもちろん、モンタニーニ公爵様に執事たちや部下たち、空気や太陽に、もっといえば虫でも何でも全てに感謝を捧げたい。

俺とロゼリア様の婚約は速やかに結ばれた。その後、二人そろって夜会に出席した。正式に婚約者として彼女をエスコートできる。この日をどれだけ望んでいたか。夢のようだ。

ロゼリア様は俺の贈ったドレスを纏い、俺の髪と瞳の色に合わせてブラックダイヤモンドのイヤリングとネックレスを着けてくれている。髪は編み込みアップにしていていつもより大人びて……そして色っぽい。その姿は女神のように美しい。誰にも見せたくないがみんなに見せびらかしたくもある。この人が自分の婚約者なんだと叫びたいほど嬉しい。彼女の小さな手を取ると婚約した実感が湧き改めて喜びを噛みしめる。

俺は婚約をきっかけにロゼリア様に名前で呼んで欲しいと頼んだ。婚約するまでは礼儀を守らねばならないが今は正式に婚約者になった。彼女は昔のように「カルロ」と呼んでくれた。全身が多幸感に包まれる。彼女も俺に「ロゼリア」と呼んで欲しいと言った。二人の距離が一気に縮まったように感じた。

女性とのダンスは初めてだったが、好きな人と踊ることがこれほど楽しいとは思わなかった。調子に乗って三曲もロゼリア様を踊らせてしまった。曲が終わると彼女は息がすっかり上がっている。椅子に座らせ飲み物を取りに行く。グラスを手に戻ろうとしたらステファノが彼女に話しかけていることに気付いた。

足早に戻ればステファノがロゼリア様をダンスに誘っていた。その光景を目にして頭に血が上り怒鳴りそうになったが、かろうじて冷静さを取り戻す。俺は二人の間に入りステファノを追い返した。俺たちの婚約は公示したのにあいつは知らないようで、睨んで去って行った。それより

もロゼリア様は真っ青な顔で異常なほど怯えていた。可哀想に。側を離れなければよかったと後悔した。「たすけて」と声が聞こえたので何かされたのかと思ったが、そうではないらしい。今回の人生で俺が知る限り、彼女とステファノは接触していないはずなのに、なぜそこまで恐れるのか不思議に思った。まるで自分を殺しに来た人間に出会ったかのような……。まさか、彼女に一回目の人生の記憶が？　俺は頭を振りその考えを否定した。今までそんな素振りはなかった。きっとステファノの強引さが怖かっただけだろう。

もう、彼女にステファノを近づけない。それは心配だからというより嫉妬だ。今の人生で二人は何の関係もないが、前回の人生でステファノは彼女の夫だった。仕方のないことだと分かっていてもそれを思い出すと冷静ではいられない。これから一生、ロゼリア様の瞳にあの男が映って欲しくない。彼女に触れていいのは俺だけだ。どろどろとした嫉妬で目の奥が真っ赤に染まる。

ステファノのことは調べてある。あの男は闇カジノに入り浸り借金まみれだ。そして両親から愛想を尽かされた。前回はそれであの男はロゼリア様に目をつけた。そして今回も。実際にロゼリア様付きの侍女スザナを辞めさせ、自分の侍女であり恋人のジェンナを侍女として送り込もうとしていた。今回はスザナを詐欺師から救い最悪の事態を回避することができた。

もちろん引き続きステファノの動向には気を配っていたが、タイミング悪く辺境まで行かなくてはならなくなった。

ロゼリア様が心配だ。公爵様にも一応、警護を強化するように依頼したが一回目の人生のことを打ち明けられない以上どうにも心もとない。俺がいない隙にステファノがロゼリア様に接触する可能性が高い。そこで申し訳ないと思ったが、休暇を取るはずだった部下に頭を下げて俺の不在中のロゼリア様の警護を頼んだ。彼らは快く引き受けてくれた。

「いや〜。隊長は本当にロゼリア様が大好きなんですね。任せて下さい。隊長には辺境の戦いで危ないところを助けてもらった恩があります。本当は謝礼なんていらないのに……」

「グイリオ、こちらが無理な頼みをしている。せっかくの休みに護衛を依頼するんだ。だからこれは受け取って欲しい」

俺はグイリオに封筒を差し出した。彼はそれを遠慮がちに受け取ってくれた。褒賞金をもらっていたので、ささやかではあるが謝礼を渡した。俺ができるせめてもの感謝のしるしだ。グイリオは優しく剣の実力もある。いずれ出世するだろう。信頼できるいい部下にいつかこの恩を返したいと思う。

「ありがとうございます。正直なところありがたいです。もうじき妹の結婚式があるので、祝いを弾んでやれそうです」

グイリオはニコリと笑みを浮かべた。

俺は本当に人に恵まれている。最たるはロゼリア様だが騎士団の仲間もそうだ。昔、公爵領で護衛の仕事をしている時は異国人だと馬鹿にされ蔑まれたが、ここでは実力さえ示せば受け入れてくれる。信頼できる人間が増えていくことが心強かった。それだけロゼリア様を守る力になる。

それでも心配で辺境での仕事を急いで片付け、残った分は部下に押し付け王都に戻った。公爵邸に顔を出すとロゼリア様は薬屋に行っていると教えられ、迎えに行った。グイリオがいるので大丈夫だとは思うが早く彼女の顔を見たかった。巡回中の騎士に会いグイリオのいる場所へ向かうと、そこにはステファノがいた。杞憂であればそれでいいと思っていたが早く戻って来てよかった。やはりステファノはロゼリア様を諦めていなかった。怒りで奥歯をギリリと食いしばった。

ロゼリア様は気丈に立ち向かおうとしているが、やはり恐ろしいのか顔が青ざめている。俺はすぐに側に駆け寄り腰を支え抱き寄せた。安心したのか俺に体を預けてくれた。

ステファノは侯爵子息という身分を理由に逃げようとしているが、見逃すつもりはない。グイリオたちが捕まえてくれていた破落戸共々そのまま騎士団に連行させた。

俺はロゼリア様を公爵邸に送り届けたあとに騎士団に戻りステファノを取り調べた。どうやらお粗末な芝居でロゼリア様に恩を着せ、俺との婚約を解消させるつもりだったらしい。ロゼリア様を守ってくれた部下たちには心から感謝した。それをきっかけにピガット侯爵家を徹底的に調べた。侯爵自身が関わっている美術品の贋作の売買の証拠を掴んだ。ステファノの罪と合わせて追及することになった。

結果的にピガット侯爵は多額の罰金を払ったうえで優秀な長男に爵位を譲り蟄居《ちっきょ》した。ステファノの罪は軽いものでやはり罰金だけだった。憎々しく思っていたが、長男がピガット侯爵を継いですぐにステファノを放逐した。しかも借金を肩代わりしなかったので、ステファノは平民となり無一文で借金取りに追い回される逃亡生活を送ることになった。貴族として何不自由なく生きて来た男が金を返す当てがない以上、この国に住み続けるのは難しいだろう。

本音を言えばたとえ野垂れ死んだとしても甘いと思う。俺には前回の記憶が鮮明に残っている。

だから今すぐ俺の手でこの男をこの世から消してしまいたい。だが私怨でそんなことをすればロゼリア様と結婚できなくなってしまう。あんな奴の命で自分の幸せを失うわけにはいかない。

ステファノの件が片付くと、俺は速やかに仕事の引継ぎを済ませ騎士団を辞めた。そして結婚前からモンタニーニ公爵邸で暮らしている。公爵様が勧めて下さったのだ。

騎士団については団長から引き留められたが、俺はモンタニーニ公爵家を継ぐロゼリア様の伴侶として学ぶことも覚えることも、とてつもなく多い。貴族の常識は一応学んでいたが全然足りていない。騎士団と公爵家の仕事の両立は俺にはとても不可能だ。何よりも仕事を増やしてロゼリア様と過ごす時間が取れなくなっては人生の損失になる。どれだけ説得されてもそれを固辞した。

俺は時々前回の人生を思い出す。それも冷たくなったロゼリア様の青白い顔を。たぶんトラウマになっている。あれはもう起こらないと分かっているのに不安が心のどこかに居座っていて完全には消し去ることができない。ロゼリア様は何かを感じ取ってしまうようで、そんな時は俺の手をぎゅっと握ってくれる。ロゼリア様の小さな手から伝わる体温に俺は安心する。この日々がいつか悲しい悪夢を拭い去ってくれると信じたい。

一緒に暮らし初めて知ったが、ロゼリア様は絵を描くのが上手だ。趣味だと言っていたが刺繍より得意だと自慢げにしている。その表情は子供が誉めて欲しがる時のようで、可愛かった。今は俺の軍服姿を描いて残したいと、時間を見つけては張り切って描いている。その度に軍服に着替えてじっとしているのは……どうにも照れる。でもその時間はエメラルドグリーンの瞳を俺だけが独占できるのだ。俺は彼女の白く細い手が筆を滑らせていくのを眺め、至福のひと時を満喫している。時々、俺を見たままぼんやりしているので「どうした?」と訊くと頬を染めて「カルロに見惚れちゃったの」と言う。あまり俺を喜ばせないで欲しい……。

俺たちは一年後に結婚式を挙げる。正直なところ結婚式の日が正式に決まり自分でも浮かれている自覚はある。世の中には結婚式の準備が面倒くさいと思う男がいるそうだが、俺には信じられない。

彼女に似合うウエディングドレスを一緒に考えるのも楽しいし、披露宴の打ち合わせだって興味深い。貴族の繋がりは確かに面倒だが必要なことだしいい勉強になっている。きっといつか子供が生まれ、その子が結婚する時にはこの経験を生かせるだろう。

ロゼリア様はウエディングドレスやベールに白銀の絹糸で白薔薇の刺繍をして欲しいと依頼した。彼女の中で俺の贈った白薔薇は嬉しいことに幸せの象徴らしい。お針子たちは最高の仕上がりにしてみせますと張り切ってくれている。出来上がりが楽しみだ。

毎日が目まぐるしいがとても充実している。モンタニーニ公爵領は薬草を取り扱っているが、母から得た知識と護衛時代に自然と身についた知識があるのでその辺は大丈夫だ。あとは経営管理が難題だが、ロゼリア様がほぼ完璧に把握しているので心強い。だから半人前の俺の今の一番大切な仕事は頑張り屋のロゼリア様を程よく休ませることなのだ。

「ロゼリア。休憩しよう」

「そうね」

最初はこんなに休憩ばかりしなくても平気だから仕事をすると言い張っていたが、どう考えても働きすぎだ。執事や使用人たちも俺の意見に賛成してくれたので、ロゼリア様は休むことを受け入れてくれるようになった。ちなみに公爵様は領地に行っている。俺を信頼して留守を預けてくれているのだ。それに報いるつもりで張り切っている。結婚後は新婚旅行とお披露目を兼ねて領地を回ることになっている。ロゼリア様と旅行か。今から楽しみで仕方がない。ドマニにも会いに行こう。きっと彼は驚くな。あとは……。いつか二人で海を見に行きたい。一つ幸せを手に入れると人は欲張りになるのかもしれない。ロゼリア様と見たい景色がたくさんある。いつか全部叶えたい。

未来に思いを馳せているとスザナが手際よく机にお茶とお菓子を並べていく。

「あら、このお菓子可愛いわ」

色々な花の形をした焼き菓子だ。カラフルな色で可愛いと女性に評判だ。これはアロルド様に彼の奥様のお勧めを教えてもらい取り寄せたのだ。俺はそのクッキーを手に取るとロゼリア様の口元に差し出した。ロゼリア様は頬を染め躊躇いがちに口に入れた。照れくさそうに目を泳がせながら、サクサクと咀嚼している。俺は二人で取る休憩の三回に一回はこれをする。だって反応が可愛いのだ。ロゼリア様はなかなか慣れないと恥ずかしがるが、密かにその姿が見たくてやっている。

「美味しい」

「ロゼリアに喜んでもらえてよかった」

彼女の笑顔は俺にとって最高のご褒美だ。ロゼリア様はお茶で喉を潤すと居住まいを正した。

「カルロにお願いがあるの」

「うん？」

お願いごととは珍しい。ロゼリア様は自分の望みをあまり口にしない。

「私たちはもうすぐ結婚して夫婦になるわ」

そうだ。もうすぐなのに待ち遠しい。一日が早くも感じるし長くも感じる。

「ああ、そうだね」

ロゼリア様のウエディング姿を想像すると頬が緩む。きっとこの世のものとは思えないほど、素晴らしく美しいだろう。

「だから私の前では俺って言っても大丈夫よ？」

「…………」

気を付けていたのだがうっかり口にしていたのかもしれない。俺は騎士団に入ってから言葉遣いを直した。ロゼリア様の前では以前から気を付けていたが、彼女の伴侶になるためには平民の時のような粗雑な言葉がうっかり出てしまってはよろしくない。だが騎士団も乱暴な奴らが多かったのでつられてしまうこともあった。騎士団を辞めてもう大丈夫だと油断していたようだ。

「不快ではないか？」

「もう！　そんなわけないでしょう。私の前では気を遣わないで欲しいの」

確かに俺たちは夫婦になるのだから、そこまで気を張らなくてもいいのかもしれない。無意識に格好をつけていたのかも。好きでいてもらう努力は続けるが、彼女の前では無理をしないでいようか。

「分かった」

ロゼリア様が破顔した。つられて俺も笑顔になる。こうやって俺たちは一歩ずつ夫婦らしくなっていくのだろう。

結婚式前に俺は公爵様とロゼリア様に、自分の生い立ちの全てを打ち明けた。生まれた国は遠く関わることはないが、両親のことを知っていて欲しかったからだ。もちろん俺が父と呼んだのは銀色の髪を持つ神官長ハリルだ。俺は彼が父であることを確信していた。

「そうか、それなら領地にカルロのご両親の墓を建てよう」

「いいのですか?」

「ねえ。お父様。お母様の側がいいわ。その方がきっと寂しくないもの」

そう言うと公爵様は、モンタニーニ公爵領の中で一番見晴らしのいい丘に連れて行ってくれた。街を見下ろせるその場所は、季節ごとに美しい花々が咲く。

そこにはロゼリア様の母君のお墓がある。その側に俺の両親のお墓を建ててくれた。一応、用心して名前は刻まなかった。ただ「愛する両親が眠る」とだけ記した。亡骸はここにないが魂はきっと側にある。二人がこの美しい景色を気に入ってくれるといいと思う。

◇◇◇

数年後――。

　俺はモンタニーニ公爵領の丘にある両親のお墓に来た。春の日差しが暖かく花が満開で見頃だ。隣にはロゼリアがいる。そして俺の腕の中には、三歳になるロゼリアによく似た最愛の娘アメリアがいる。

「父さん、母さん、会いに来たよ」

「お義父様。お義母様。こんにちは」

「こんちはー！」

　アメリアが元気よく大きな声で両親に挨拶をした。娘の首には母さんの形見のペンダントがある。以前ロゼリアに渡したが、今はアメリアのお守りになった。きっともう何の力もないと思うが、なんとなく母が守ってくれている気がした。結局、俺が時間を戻れた理由は分からないままだが、このペンダントのおかげだと信じている。

（俺は、ロゼリアともう一度会うことができた。母さんの言っていた通り俺は幸せを手に入れたよ。ありがとう）


『カルロ。どうか幸せに。愛しているわ――』


「えっ？」

　耳をすませばそよ風でさわさわと草の揺れる音がした。ロゼリアが不思議そうに俺を見上げる。

「どうしたの？」

「――いや……。さあ、行こうか」

「さー、いこーか！」

アメリアの無邪気な様子にロゼリアが笑みを浮かべる。

「まあ、アメリアったら、お父様の真似をして」

アメリアが俺の腕の中で楽しそうに声を上げ、青く広がる空に両手を伸ばした。そして大きく手を振る。

俺は空に向かって微笑んだ。

番外編　銀色の月（ラティーファ）

この国は王家が暴利を貪り、ほとんどの民が苦しい生活を強いられている。きっと私の生まれた家も貧しかったのだろう。私は生まれてすぐに孤児院の前に捨てられた。孤児院の院長は私に親切な子になって欲しいという願いを込めて「ラティーファ」と名付けた。最初に捨てられている私を見つけてくれたのは、七歳年上の男の子「ハリル」だった。彼はこの国には珍しい銀の髪と瞳を持っていた。天使のような美しい容貌と相まって、私には彼の瞳が闇を照らす優しい月のように思えた。

冬の寒空の下に捨てられていた私は高熱を出していた。普通なら死んでいた。だがハリルの力で命を取り留めることができた。ハリルは異能「治癒の力」を持っていたのだ。治癒といっても万能ではなく簡単な病や怪我を治せる程度だ。それでも医者にかかれない貧しい人間にとっては、素晴らしい奇跡の力だ。

私の暮らす孤児院は常に貧しい。寄付金だけでは足りず野菜を育て家畜を飼い、自給自足でギリギリ生活を維持している。街の人たちからハリルの力の見返りに食料などをもらうこともあった。

ハリルは優しくて頼もしい。そして美しく整った顔をしていた。涼しげな切れ長の目が印象的で、私は子供の時から彼が大好きだった。

「ラティーファ。口を開けて」

ハリルが私の口に飴を放り込む。飴は高価なもので簡単には手に入らない。ハリルは片眼を瞑って人差し指を唇の前に立てる。みんなに内緒という合図だ。

「あまくておいしい！」

「この飴は今日、治癒してあげた人からもらったんだ。海の向こうから来た商人だって言っていたよ」

「うみってなあに？」

「海は塩水がたくさんある場所で魚がいっぱいいるんだ。青くて綺麗らしいよ」

私たちの国から海までは遠く、海の存在自体を知らなかった。

「しおみず？　しょっぱいの？　ハリルはみたことある？」

「いいや。ないよ。そうだ。いつか、大人になったら一緒に見に行こうか？」

「いきたい！　やくそくね！」

ハリルは私の頭を優しく撫でながら頷いてくれた。幼いながらに大切な約束をしたと嬉しかった。彼は孤児院の中でも私のことは特に可愛がってくれた。自分が見つけた責任を感じていたのかもしれない。私たちの日々の生活は苦しくても最低限の食事は摂れている。みんな家族のようにお互いを思いやり、支え合いながら穏やかな生活を送っていた。

私は十三歳になると「予知の力」に目覚めた。未来を視る能力。最初は天気のこと。

「院長先生。午後は雨になります。外出予定を変更した方がいいですよ」

「ラティーファ。今日はこんなにいい天気なのに？」

「絶対に降りますよ」

私は根拠もなく視たものが現実になると知っていた。そして午後から大雨が降った。

「ラティーファ。その力は私とハリル、そしてラティーファだけの秘密だ。いいね？」

院長先生はその力を口止めした。二人にだけは打ち明ける許可をもらった。人に知られては悪用されると危惧したのだ。予知はふいに訪れる。起きている時に白昼夢のように視ることもあるし、夜眠っている時の夢が現実になることもある。内容は「あの道で土砂崩れが起こる」「肉屋のおじさんが事故に遭い怪我をする」など自分の身近な未来に限定されていた。

この力は秘密だが危険を知っていて助けられないのはもどかしい。私はそれをハリルに相談した。悲しい出来事を防げるかもしれない。そうでなければこの力の意味がないのだ。大工のおじさんが暴漢に襲われるのを視た時は、ハリルに協力をしてもらって上手く誤魔化しながら、おじさんが襲われる日時にその場に行かないように誘導した。そしておじさんは無事だった。私はこれこそが自分に与えられた役割だと誇らしく思った。

ところが三日後、大工のおじさんの家に賊が押し入り一家が殺されてしまった。ショックだった。きっと本来の未来を捻じ曲げたせいだ。予知ではおじさん一人だけだったのに家族まで巻き込んでしまった。ハリルは偶然だから気にするなと言ってくれたが、自分のせいだとしか思えなかった。

ある日、貧しい家の子供が八百屋でお金を盗み、それを見つけた店主が怒りに任せ、その子を殴り死なせてしまう未来を視た。店主は死なせるつもりはなかったが、栄養失調の子供は呆気なく亡くなった。私はハリルと八百屋に張り込みその子が現れるのを待った。盗む前に止めるつもりだ。そして予知通りその子が来たのでパンや芋を渡した。私たちに自由になるお金はないから、せめて食べ物をと思ったのだ。

「くれるの？　ありがとう」

嬉しそうに食べ物をぎゅっと胸に抱きしめてお礼を言うその子は、痩せていて満足に食事を摂れていない。それでもこれ以上のことができない。申し訳ない気持ちになった。

「これだけしかないの。ごめんね」

その子は首を振りもう一度「ありがとう」と言って帰って行った。数日後、その子は酒に溺れた父親に殺された。お金を持って帰らなかったことに腹を立てた父親が折檻《せっかん》したのだ。そして子を庇った母親も帰らぬ人となった。私がしたことは犠牲者を増やしただけだった。これは未来を変えた代償なのか。

「ハリル……。私のしたことは間違っていたの？　あの子だけでなく母親まで死なせてしまった。どうすればよかったの。何がいけなかったの？　助けられないのにどうして、私は未来を知ることができるの？　神様はなぜ私にこんな力を与えたの？」

私はハリルに縋り付き泣きじゃくった。私が余計なことをしなければ……でも、でも、でも。

「ラティーファは悪くない。悪くないよ……」

ハリルは銀色の瞳を伏せると静かにそして苦しそうに呟いた。彼もあの子を助けられなかったことで自分を責めていた。私はこの日から自分が視た未来を人に言うことも、そのことで行動することもやめた。

十五歳になった時、最悪の未来を視た。黙っていることなんて無理だ。

「ハリル。院長先生。早く逃げないと。みんな殺されてしまいます」

「まさか神殿がそんなことをするはずがありません。大丈夫。ただの夢ですよ」

私が視たのは神殿の神官たちが、院長先生を殺し孤児院に火を放つ。失火に見せかけ皆殺しにする場面だ。でもハリルだけは助かる。神官の目的はハリルだ。ハリルの治癒能力を神殿に取り込み独占したいと考えている。

院長先生は信心深く神殿と神官を信じていた。神のもとで人々に慈悲を与える神官が悪行をするはずがないと本気で思っていた。ただの夢だからと取り合わない。私はあれが起こることを確信していた。どうすればみんなを助けられるのか……。

「神官は私が目的なんだね？　それならば私がいなければ諦めるはずだ。明日、ここを出て行く」

「それなら私も一緒に行く」

「駄目だ。途中で賊に襲われるかもしれないし、餓死するかもしれない。ラティーファはここに残るんだ」

「それでもいい。たとえ死んでもハリルと一緒にいる！」

ハリルと離ればなれになることなんて考えられない。私は彼が好きだ。側にいたい。ハリルは一瞬躊躇したが頷いてくれた。私たちは院長先生に内緒で夜中に最低限の荷を持って外に出ようとした。すると物音と叫び声が聞こえた。まさか、今日なのか？　私の未来視の致命的な欠点は、いつ起こるのか日時が特定できないことだ。慌ててハリルと一緒に院長室に向かうと、そこには胸から大量に血を流す院長先生が倒れていた。目は宙を見て体はピクリともしない。もう生きてはいなかった。

「そんな、いや、院長先生‼」

「おい。いたぞ」

「ラティーファ。逃げるんだ！」

「ハリル、一緒に！」

私たちは手を取り孤児院から逃げたが、大勢の神官が周りにいて呆気なく捕まった。

「ハリルと言ったな。この娘を殺されたくなければ大人しく従え」

ハリルは怒りを滲ませた声で言った。

「……分かった。その代わりこの子と孤児院の子供たちの安全を約束しろ」

「いいだろう」

私とハリルはそのまま神殿に連れていかれた。私は巫女見習いとして神殿で働くことになった。私のせいだ。私のせいでハリルは逃げられなかった。そして私がここに囚われている限りハリルはあいつらに従うしかない。自分の存在が枷《かせ》になってしまった。苦悩するもどうにもならない。

ある日、他の巫女見習いの女の子から話しかけられた。

「ねえ。ラティーファって孤児院出身よね。少し離れた村の孤児院が火事で全員亡くなったそうよ。知っていた？」

「えっ？　火事で？　そんな……嘘でしょう……」

そんなはずは……。私たちを捕まえた神官は皆を助けるとハリルに約束した。それにハリルはもう神殿にいる。だから殺す必要なんてないのに、どうして⁉　あいつらは私たちとの約束を反故にしたのだ。

私は激しい怒りに爆発してしまいそうだった。この神殿から逃げ出したい。でもお金もなく行く当てもない。苦しくて悲しくて無性にハリルに会いたかった。私は夜中に神官見習いの棟へ忍び込んだ。巫女見習いとはいえ年頃の子たちは噂に飢えている。最近入った銀髪の見目麗しい神官見習いの情報を聞かなくても教えてくれていた。当たりをつけてハリルのもとに向かう。たとえ見つかって折檻されてもいい。投げやりな気持ちもあった。

「……ハリル？」

「ラティーファなのか？」

「そうよ」

困惑しているハリルの声に返事をして部屋に忍び込んだ。

部屋ではハリルが綺麗な姿勢で座っていた。長い銀髪は後ろに結っている。彼は難しい書物を読んでいた。ハリルは見習いながらも治癒能力を持つので個室を与えられている。彼は私を部屋の奥へ入れてくれた。私はハリルにしがみつき堰を切ったように泣いた。

「ハリル、ハリル、ハリル……」

「ラティーファ？　どうしたんだ。何か酷いことをされたのか？」

私は首を振ってそうじゃない、私じゃなくてみんながと泣きながら聞いたことを話した。

「そんな……あいつら院長先生だけじゃなくみんなも？　私たちの家族を殺したのか？」

低い声に彼を見る。怒りに顔を歪ませ震える姿に目を見開いた。ハリルはいつだって自制心を持っていた。ハリルが心の底からの怒りを露わにするのを初めて見た。

「あいつら許せない。絶対に。いつか……」

彼が声にしなかった言葉に私も頷いた。私だって許せない。

「ラティーファ。私はいつか神官長になってあいつらを処分する。その日が来たらラティーファをここから必ず解放する。今はその力がないから耐えて欲しい」

ハリルは私の涙を拭うと、ぎゅっと抱きしめた。私も彼の背に手を回した。お互いただ強くしがみつくような抱擁だが、これから生きるためにこの温もりを胸に刻んだ。

「分かった。でもハリル、無理はしないでね」

私は自分の部屋に戻り小さく丸まり静かに涙を流した。それ以降も私たちは時々会っていた。見張られているのでバレているが、ある程度許容することで不満を逃がし脱走させないつもりのようだ。私は度々未来を視るようになった。それをハリルに教える。未来視の精度は上がり身近なことだけでなく国中のことを視るようになった。どこの村で土砂崩れが、どこの領地で水害が、王都で病が流行する。その情報をハリルは上手く使い、あっという間に神官長の地位まで昇りつめた。そして私たちから家族を奪った神官たちの罪を暴き次々に断罪していった。初めて私の未来視が役に立ったのだ。

神殿内は腐っていた。欲望のままに不正を行い、慈悲を与えるべき民から搾取する。王家にへつらい甘い汁をすする。ハリルは不満を待つ者を集めそして力を合わせていった。治癒の力を持ち銀髪で美しいハリルはカリスマ的存在だった。彼のおかげで神殿内部の腐敗は一掃されていった。あとは王侯貴族をどうにかすることができれば私たちは解放される。だがその道のりはまだ遠い。

私は突然視た未来にのぼせるほど顔を真っ赤にした。自分自身のことを視たのは初めてだった。でもその内容をハリルには話せない。なぜなら私はハリルと体を重ねそして子を産む。彼にそっくりの切れ長の目を持つ可愛い息子を。いつか二人でここを出て子を産み幸せになれる、そんな未来視だと胸を躍らせた。神官も巫女も婚姻を許されていない。還俗しなければならないがその日が来るのだ。

ところが翌日視たものは最悪だった。ハリルが地方に行っている間に王が神殿に来る。そして神官長ハリルお気に入りの巫女である私を、側室にすると王宮に連れて行くのだ。

「ああ、最悪だわ！」

不摂生で腹の出た歳老いた王の側室になどなりたくない。好色な王には数多の側室がいるのに、嫌がらせのためだけに私を連れ出す。王は神殿の力が大きくなっていることに不満を抱いている。私はハリル以外に触れられるなんて嫌だ。

王家と神殿は対立している。税金を上げ自分たちだけが豊かな生活を送る王や貴族と、ハリルが率いる民を守る神殿との衝突が続いている。ハリルが神官長になる前の神殿は王家の犬だったが今は違う。まだ一部の地方の神殿は王家に従っているのでハリルはその改革に奔走していた。私は未来を変えたい。でも無理だ。いつも変えようとすれば犠牲者が増える。自分が逃げようとすれば他の誰か、もしくはハリルの命を危険にさらす。それならば未来視に従うしかないのか……。

ああ、でも私はハリルの子を産むことができる。私の未来視は外れない。あの愛しい子をこの手に抱けるのなら、どんな屈辱も恐怖も耐えられる、耐えてみせようと思った。

ハリルが地方に行く前日、夜に彼の部屋を訪ねた。彼は疲労でやつれている。それでもなお美しいと思った。

「ハリル。あなたは少し休まないといけないわ」

「ラティーファ……。でも私は……仇を討たなければ。私のせいで死なせてしまったみんなの仇を。眠ろうとするとみんなが責めるんだ……」

ハリルの銀色の瞳には自戒と悲哀が刻まれている。彼はずっと自分のせいで死なせてしまった孤児院の仲間たちのことで苦しんでいた。私にはそれを救う術がない。役に立たない巫女だった。

「ハリル。悪いのはあなたじゃない。あの神官たちよ。きっとみんなもそれを理解してくれている。あなたを恨む子なんて絶対に一人もいないわ。私が断言する。それにあいつらはあなたが罪を暴き償わせた。だから、もう自分を責めないで」

彼の背を慰めるように撫でる。ハリルは体を震わせ嗚咽を漏らした。

「うっ……」

この人が愛しい。私を拾い守ってくれた人。この想いがたとえ刷り込みだとしても、やっぱり愛しているの。

「ハリル」

「……ラティーファ」

私たちは見つめ合い静かに顔を近づけた。初めての口付けはしょっぱくて切なかった。その夜、二人は結ばれた。

翌朝、朝日の眩しさに目を開けると、目の前でぐっすりと眠っているハリルがいる。彼の美しい銀髪が太陽の光に当たりキラキラと輝いている。思わず彼の頭をそっと撫でれば、眠っているハリルの口角が上がった。

「どうか今だけは優しい夢を見て」

彼のおでこにそっと口付けた。ハリルが起きる前に身支度をして部屋に戻る。今日からハリルは地方に行く。その後に王が来る。もう彼とは会えないだろう。私は薄いお腹にそっと手を置く。ハリルからとびっきり素敵な贈り物をもらった。神殿で産めば神に背いたと責められその子を奪われ死を与えられる。でも私が王宮に行けば王の子として産み育てることで生かすことができる。王に利用されるんじゃない、私が王を利用するのだ。愛しい我が子をこの腕に抱くために。

（ハリル……あなたと海に行く約束、果たせなくなってしまったわ。ごめんね）

私は覚悟を決めた。

しばらくするとハリルが地方に出発した。

彼と抱きしめ合った温もりを思い出す。愛し合うというよりも慰め合うような拙いものだった。

それを私たちらしいと思った。

翌日夕方、王が参詣した。私たちは王の前に跪き頭を下げる。

「顔を上げろ」

ゆっくりと顔を上げれば予知で見た通りの太った醜い老人がいた。分かっていてもこれがこの国の王なのかと絶望する。

「ふん。まあ想像したよりましだな。連れていけ」

後ろに控える近衛に命じると、騎士は私の腕を荒々しく掴み引っ張っていく。抗議する神官たちに騎士は抜刀しようとした。

「やめて下さい。私は従います」

騎士が剣を納めた。王はここまで腐っている。わざわざハリルがいない時に私を当てつけのためだけに連れていく。なんて愚かな行動なのか。それを諫める人もいない。しかも神聖な神殿で刀を抜くことを騎士に許すなどあり得ない。私を守ろうとしてくれた神官たちに首を振った。

「私は大丈夫です。神官長様をどうかお願いします」

みんなの悲痛な顔に胸が痛むが、抵抗すれば犠牲者が出るだけだ。私はそのまま後宮に連れていかれ、一番奥の小さな宮を与えられた。その夜、ハリルを思い一度だけ王の訪れに耐えた。

ハリルが何度も王に抗議をして私を神殿に戻すようにかけ合っているそうだ。だが王は応じない。二か月後に私の懐妊が発覚した。王にも報告がいったはずだが何の連絡もない。

すぐに神殿から祝いの品が届いた。食べ物に産着、おむつに玩具……。荷物は無事に届いた。どうやらハリルが検閲の役人に金を握らせている。一緒に彼からの手紙もあった。一見、差し障りのない内容だが、その中で三文字だけ拾った。手紙には二人だけの秘密の暗号が使われている。それは『カルロ』と読み取れた。きっとこの子の名前だ。その名に心当たりがある。幼い頃にハリルに読んでもらった神話に、カルロという名の英雄が出て来た。私はその本がお気に入りで何度も読んでとせがんだのだ。英雄は勇敢で逞しく優しい人で国を守った。でもハリルはお腹の子がどうして男の子だと思ったのだろう。もちろん私は息子だと知っている。もし女の子だったら困っただろうなと笑ってしまった。

月が満ちて私はひっそりと元気な男の子を産んだ。

「カルロ。やっと会えたわね」

私と同じ黒い瞳に黒髪の息子。未来視で見た通りになった。なんて愛しい存在なのか。カルロはハリルに似ているから、きっと彼のような素敵な男性に成長する。

私がカルロのふくふくした丸い頬を撫でると、カルロはくすぐったそうに声を上げて笑った。私は腕の中に唯一の宝物を抱いている。どうしようもないほど幸せだ。その重みに嬉しくて涙がこぼれた。

「なんて可愛いのかしら。ふふふ」

『アーディル・カルロ・イスハーク』がこの子の名前。アーディルは王宮の官吏が決めたもの。私にとってこの子の名前はカルロだけでいい。

「あなたのお父さんからの贈り物よ。カルロ」

まだ言葉が分かるはずがないのに、カルロは嬉しそうに笑っている。

ハリルとカルロを会わせたい。でもどんなに願ってもそれは叶わないし、カルロには本当の父親のことを教えてやれない。なんと歯がゆいことか。

王は嫌がらせで連れて来た私に予算を割きたくないらしく、生活は神殿からの上納品で成り立っている。結局いつまでも私はハリルのお荷物のままだった。申し訳ないがカルロのためにもありがたく受け取っている。

小さな体を腕に抱きしめ、その頬に頬ずりをした。

「カルロ。愛しい子。私の宝物。あなたの目がとても好きよ」

予知通り切れ長の目はハリルと瓜二つだ。この子のためなら何だってできる。私はハリルの分も愛情を注いだ。

カルロはすくすくと育った。その間に王太子が病で死に、現王はそのまま在位し続けた。継承争いが起こり王太子は不在のままとなっている。

私はこの宮から出ることが許されず、親子二人ひっそりと暮らしている。週に一度だけメイドが掃除に来る。ハリルからの差し入れもその時一緒に持って来てくれる。誰かが来る時はカルロを絶対に見られないようにしていた。成長と共にハリルにそっくりになっていく顔を見られるのは危険だ。早く王がいなくなればいいのに……。そうすれば後宮は解散される。私も出て行ける。好色な王には子が多くカルロのことも捨て置かれているから、いなくなっても誰も気に留めない。早くその時が来て欲しい。

カルロが四歳になった時に久しぶりに予知を夢で視た。身籠って以降、私に未来は視えなかったので、力は失われたと思っていた。私は起き上がると全身汗びっしょりだった。荒い息を繰り返し恐怖で自分の体を抱きしめた。

「ううっ……う……」

ハリルが殺される夢だった。瞳からはとめどなく涙が溢れる。神様。なぜ私にこんな残酷な未来を視せるのですか？　回避できない不変の未来など知っても苦しいだけです。救えないのなら、助けられないのなら、知りたくなかった。

ハリルが王に呼ばれ酒を勧められる。その酒には痺れ薬が入っている。そして帰りの馬車が襲われ、薬が効いて動けないハリルはそのまま……。それを伝えることができれば助けられるのに。王の勧める酒を神官長が拒むことは許されない。私は渡すことができない痺れ薬の解毒薬を作った。無駄だと分かっているがじっとしていられなかったのだ。

幸いこの宮は放置されているので庭で勝手に薬草を育てている。以前ハリルがたくさんの苗を送ってくれた。私たちに薬が必要になった時のために。孤児院の院長先生は薬師の資格を持っていたので私たちにもその知識を与えてくれていた。だから解毒薬の作り方は知っている。

「おかあさん。なにをつくってるの？」

カルロが興味津々に聞いてきた。

「これはお薬よ。カルロ、覚えておきなさい。いつかあなたの役に立つかもしれないわ」

「うん」

カルロは私の隣にちょこんと座ると、じっと手元を観察する。時々「これはなあに？」と質問をする。小さな手が見様見真似で作業をする姿に心が落ち着きを取り戻す。

謁見は昼過ぎの予定……二時間後くらいか。不安と恐怖で眩暈がしそうだ。カルロは飽きたのか、すくっと立ち上がりパタパタと庭の方へ行った。まだ四歳の子にはつまらない作業だから仕方がない。宮からは出ないように言い聞かせている。大丈夫だろう。カルロは活発な子でなかなかじっとしていられないのだ。誰に似たのか……。ハリルは昔から大人しかったから私かもしれない。そのまま薬草の処理を続けているとカルロが戻って来た。

「おじさん、こっちだよ」

おじさん？　私は顔を上げた。カルロが誰かを連れてくる。宮の周りは塀で囲まれ外の人間は入れない。いわゆる軟禁状態だ。どうやって入って来たのか。まさかカルロを狙うような――。

「ラティーファ」

その声に体が雷に打たれたような衝撃を受けた。

「ハリル！　どうしてここに」

「この子が……連れて来てくれた」

懐かしい。私の愛しい人。目の前には銀髪と銀色の瞳の美しい男性がいた。私は駆け出し彼に抱き着いた。

　彼は躊躇うことなく私の背に手を回し強く抱きしめ返してくれた。

（ハリル、ずっとあなたに会いたかった。でも会えるなんて思わなかったわ）

　足元からカルロの問いかける声が聞こえた。

「このおじさん、おかあさんのしってるひと？」

「おじさん……？」

　ハリルが眉を下げ情けない声で呟く。思わず笑ってしまった。彼は年齢を重ねても美しいままだった。むしろ深みが出て魅力的になった。銀の髪は長く後ろに一つに束ねられている。カルロは不思議そうにハリルを見上げている。ここには私たちしかいないとはいえ、さすがに父親だと教えるわけにはいかない。

「カルロ。この人は神殿でお仕事をしているハリルさん、おかあさんのお友達よ。ご挨拶しましょう」

　父親だと伝えられないならせめて友人として。ハリルはじっとカルロの顔を見ている。

「こんにちはー」

「こんにちは。カルロ。抱きしめてもいいかい？」

　カルロはうんと頷いて両手を広げた。自分が抱きしめようとしているのだ。いつもそうやって私を抱きしめてくれているから。ハリルは目を細め微笑むと、壊さないように柔らかく小さな体を抱き上げた。カルロの紅葉のような小さな手が彼の背に添えられる。幼いカルロはこの瞬間を忘れてしまうかもしれない。でも私は忘れない。カルロが父親に抱きしめられたという事実があるということが嬉しい。

ハリルが愛おしそうにカルロの頬に顔を寄せるとカルロはくすぐったそうに笑う。この光景が日常だったら……思わず目頭が熱くなる。しばらくするとハリルは名残惜しそうにカルロを下ろした。

「そろそろ謁見の時間だ。まさか会えるとは思わなかったが、忍び込んだ甲斐があった。会えてよかった。ラティーファ、元気で」

「待って。王から受け取る杯には痺れ薬が入っているの。そして帰りの馬車は襲撃されるから気を付けて」

朝作った解毒薬の瓶を渡そうと部屋に取りに行こうとした。するとカルロが小瓶を手に持って走って来た。

「はい。これだよね！」

カルロが小瓶をハリルに差し出した。彼は動揺しながらもそれを受け取る。

「ありがとう、カルロ」

「うん！」

ハリルは私に問いかけた。

「ラティーファ。視たのか？　だが……」

「お願い。飲んで。この先はどうなるか分からない。でも可能性がある限り生きていて！」

逡巡しつつもハリルは頷いてくれた。きっと彼も過去のことを危惧している。助けようとして結果的に助けられなかったことを。これでハリルが助かるのか、やはり未来視と同じ結末になるのか私にも分からない。

「分かった。ラティーファも気を付けて。カルロを頼む」

「もちろんよ」

私はカルロのためだったら、なりふり構わず生きてみせる。この子を置いては逝けない。

「私はもう行く」

「そういえばどこから入って来たの？」

庭の奥の死角になっている塀が破損していた。そこを潜って来たらしい。カルロに聞いたらいつもそこから外を覗いているようだ。

「でもそとにはでてないよ」

カルロは目を逸らしながら言いつけは破っていないと主張した。ちょっとは疚《やま》しいと思っているのかもしれない。でも子供が外の世界に興味を抱くのは仕方がない。自由のない生活しか与えてやれないことが申し訳なかった。

「ハリル。どうか無事でいて……」

私はハリルの後姿を目に焼き付けた。カルロはニコニコと無邪気に手を大きく振っている。私がハリルに会うのはきっとこれが最後になる――。

その後、私はメイドにそれとなく神殿で何かが起こっていないか聞いた。

「特に変わりはありません。神官長様は変わらず民を助けて下さっています」

「そう、ありがとう」

ハリルは無事のようだ。その代償がどこへ向かうのかビクビクしていたが、特に不幸な話は聞かなかった。もちろん単に私の耳に入らなかった可能性もある。

しばらくして私は再び未来を視た。今回は小さなこと。いや、本人には大きなことだ。いつも宮の掃除をしてくれるメイドがいる。彼女は仕事をテキパキこなし親切だ。そのメイドの父親が病気で倒れる。彼女は家に戻るが二日後に父親は亡くなる。でも、その病に効く薬を私は作れる。この薬は特別な薬草を使うので高価なものだ。メイドのお給料では手が出ない。ハリルの治癒能力なら助けられるかもしれないが、彼の治癒を望む者は多いと聞く。多忙な彼に会って頼むのは難しいだろう。私は悩んだ。宮の庭にその薬草がある。実は未来を視てすぐに薬を作っておいた。これをメイドに渡せば彼女の父親を救える。でも代償があるはずだ。もしかしたら父親だけでなく、彼女の命も脅かされるかもしれない。事態が悪化する可能性を恐れ自分自身に言い訳をして、心の中の罪悪感から目を逸らし見ぬ振りをすることにした。

「ラティーファ様。申し訳ございません。父が病で倒れてしまいお休みを頂きます。それでその、代わりの者が見つからず……」

この宮の仕事を他のメイドは嫌がっている。だから代わりの者が見つかっていないのだ。

「いいのよ。気にしないで。お大事にね」

この宮に来てくれるのはこの子だけ。王に見捨てられた側室の世話など誰もしたがらない。でも私は自分のことは一通りできるので不自由はない。申し訳なさそうな彼女に大丈夫だからと、送り出そうとしたらカルロが部屋に来てしまった。メイドが来る時は奥の部屋から出てはいけないと厳しく言っておいたのに。私は焦りカルロを隠そうとした。カルロは私の手をすり抜けメイドに手を差し出した。両手の上には小瓶が三本あった。私が作っておいたメイドの父親のための薬だ。

「おねえさん。これあげる。おとうさんが、はやくよくなるといいね」

メイドは一瞬体を硬直させそして息を呑んだ。じっとカルロの顔を見る。私はどうすることもできずに固まってしまった。神官長を知る者が見ればカルロの顔がハリルにそっくりだとすぐに気付くだろう。私の不安をよそにカルロが不思議そうに首を傾げた。すると我に返ったメイドがしゃがんでカルロに目線を合わせた。

「お薬かしら？　もらってもいいのですか？」

「うん。いいよ。ぜったいなおるから、のんでね」

メイドはいいのかと窺うように私を見る。渡すつもりはなかったがカルロが差し出してしまったのなら、今更駄目だとは言えない。それよりもカルロの姿を見られたことの方が問題だ。もしも告げ口をされたら……。

「持って行ってお父様に飲ませてあげて、この薬は効くはずよ」

私は迷いを振り払い彼女に言った。

「はい。ありがとうございます」

メイドは何も言わずに頭を下げると薬を大事に鞄に仕舞い帰って行った。メイドは告げ口をするのか。もし騎士が来てカルロを連れていかれてしまったら。自分はどうなってもいい。この子を守らないと。緊張しながら過ごしていたが騎士が来ることはなかった。

十日後にメイドがやってきた。

「ラティーファ様、カルロ様。ありがとうございました。お薬のおかげで父が元気になりました。しばらくは大事を取って安静にさせますがもう大丈夫そうです」

彼女は深く頭を下げるとお礼を言った。

「それはよかったわ。あなたは大丈夫？　誰か他の家族も具合が悪くなったりしていない？」

今まで未来を変えると身近な人が巻き込まれて最悪の事態になっていた。

「はい。家族もみんな元気です」

「そう、本当によかったわ」

その言葉に安堵した。

「カルロ様はお優しいお子様です。どうかお世話をさせて下さい」

「……ありがとう」

彼女はカルロの秘密を洩らさないでいてくれた。それ以降、彼女は掃除に来て仕事が終わるとカルロと遊んでくれるようになった。

今回のことである可能性を考えた。もしかしてカルロのおかげかもしれない。ハリルもメイドも薬をカルロが渡した。カルロが未来に干渉したことで変化を許されている気がした。私の不変の予知がカルロを介することで回避できた。これは願望かもしれない。でもそれ以外の理由が見当たらなかった。予知の力と治癒の力を持つ両親から生まれた子なら、あり得るような気がした。

カルロが九歳の時に私は長い予知を視た。ハリルが神殿で血を吐いている。彼はずっと激務をこなし体に負担をかけていた。病を患ったのだ。覚悟を決めた彼はクーデターを起こす。王を弑《しい》し傍流の幼い王子を王位に就け政治の実権を握る。そして国を正すのだ。王を見限った協力者は多く静かに事を成す。私は彼の手引きでカルロとこの国を出て行く。それはたぶん一年後だ。庭の金木犀《きんもくせい》が咲いていた。ハラハラとオレンジの花が舞い落ちているのが見える。だからもう一度ハリルに会える。嬉しいのに、それが今生の別れになる――。

未来視はまだ続いている。国を出た私とカルロは色々な国を経て海の見える国にたどり着く。私は病で動けなくなりそこで会った傭兵にカルロを託す。

ずっと昔ハリルと見に行こうと言った約束の海を見ながら逝くのだ。海ってすごく青くてキラキラしているのね。カルロはその傭兵の国に行き恋をして騎士になる。大人になったあの子を見ることができたと喜んだのに。その後、恋した人が死んで失意のままカルロも逝く。

（どうして？　どうして神様はこんな悲しい未来を視せるの？　愛する息子が殺されてしまう。知りたくなかった。知らなければこの子の幸せをまっさらな心で祈って逝けるのに。私に未来を変える力はない。残酷な未来から救う方法がない）

絶望するも予知はまだ終わっていなかった。カルロが死の間際に黒い石の付いたペンダントを握ると、突然景色が濁流のように流れる。そしてカルロがあの少女に出会う前まで時間が遡った。

そこで私は目を覚まし飛び起きた。夢の中で泣き続けていたようで、枕は湿って顔はぐしゃぐしゃだ。

「時間が戻るなんて……そんな奇跡が起こるの？　時間が戻ってカルロはもう一度生きて悲しい結末から逃れることができる？　だけどあのペンダントは何？」

きっとあのペンダントさえあればカルロを助けられる。私は今回の未来視に一筋の希望を持った。カルロはやっぱり特別な存在だ。私の未来視を変えられる唯一の存在。そうでなければあんな奇跡は起こらない。あの石が付いたペンダントをどうやって手に入れるのかはまだ分からない。でも一年後に備えることにした。私はハリルの死よりも、自分の死よりも、カルロの未来が大切だった。そのためにできることを。

カルロは一応、王子という立場だが公の場でお披露目もされていない。離れた宮で平民のような暮らしをして、あの子自身にも王族の自覚はない。世間知らずだが外の世界に出ればきっと順応できる。この子はこの国にいてはいけない。王の子じゃないことが知られても困るし、万が一王子として貴族に担ぎ上げられても困る。ハリルの子だと知られればハリルの弱みにもなるのだ。

あっという間に一年が過ぎた。庭の金木犀の花が香りを放ち咲いている。そして少し散りだした頃……。

私の前に再びハリルが現れた。彼の真っ白な神官服には返り血が付いている。もう、愚王はいなくなった。

「ラティーファ。カルロを連れて国を出るんだ。外に馬車を用意してある。ここに来ていたメイドが途中まで付き添って世話をしてくれる。国内の神官は二人の味方だ。国を出るまでの安全は私が保障する。それと真珠を用意してある。換金して使ってくれ」

ハリルの顔色は悪いが、事を成した高揚感なのか顔が上気している。私たちを逃がす準備も整えてくれていた。心配顔のハリルに私はきっぱりと告げる。彼を安心させるために。

「国を出ても私たちは安全よ。そしてカルロは幸せになるの。だから心配しないで」

「ラティーファ……未来を……視たのか？」

「ええ。そうよ」

ハリルは心からホッとした表情を浮かべる。銀色の瞳は晴れやかに輝いた。

「それならば、私に思い残すことはない」

「ハリル……」

ハリルはすっきりとした顔で私に微笑んだ。自分の死も私たちの別れも全てを受け入れた顔だ。私の気持ちにも気付いている。でも言わせてくれない。縋るように彼を見つめた。

（私たちと一緒に逃げて。海を見ようと言った約束を叶えて。あなたの命は長くない。でも本当はもっと早く死んでいるはずだった。それならば今からでも、たとえ短い時間でも親子三人で静かに暮らしたい。カルロには父親が必要だ。だから一緒に……）

そう言えたらよかった。でもあなたは選んだのだ。私とカルロではなく、この国の未来を導くことを。ハリルはゆっくりと首を横に振る。それが返事だ。

彼は静かに自分の運命を受け入れていた。私は未練いっぱいなのに酷い人。

ハリルはとっくに私だけの幼馴染ではなかった。復讐を誓った青年でもない。この人は私の手を取ることはない。国と民のためにその身を削り、そして命を捧げる。それを邪魔することは誰にもできない。私はそれをすでに視てしまった。これはカルロの存在があっても変えられない未来なのだ。

「ラティーファ。これを君に渡したかった。地方で見つけたお守りだ。奇跡を起こし願いを叶えてくれると言われている。気休めだが」

ハリルが苦笑いをしながら差し出したのは真っ白な丸い石が付いたペンダントだった。

「これは……」

未来視で見たものだ。でも色が違う。分からないけど彼がくれた大切なお守りだ。受け取るとぎゅっと握りしめる。

「ありがとう。大切にする。きっと私とカルロを守ってくれる。ハリル……どうか元気で……」

「ラティーファも……」

私たちはどちらともなく抱き合った。ハリルの体からは神殿で焚かれる香の匂いがした。懐かしい。私たちの人生は波乱だらけだった。でもいいこともあった。この体温を忘れない。あなたを忘れない。

「ハリル。愛してるわ」

「私も愛している」

おでこをくっつけ目を合わせるとくすりと笑い合う。そういえば抱き合って子まで儲けたのに思いを伝え合ったことはなかった。あの夜でさえも。最後に伝えられてよかった。

体を離すとハリルは屈みカルロに言った。

「カルロ。強く生きていけ。そしてお母さんを守るんだ。できるか？」

「うん。できる！」

カルロは拳を握り頷いた。ハリルは名残惜しそうにカルロの頭を優しく撫でた。二人が並んでいるのを見ると、間違いなく親子だと分かるほどそっくりだ。僅かな時間の親子の邂逅《かいこう》。カルロの記憶に残ることを願った。私とハリルが最後に交わした言葉は「元気で」。「さよなら」は言わなかった。だっていつかお互いの命が尽きた時に会えるのだから。

馬車に乗るとずっと宮に来てくれていたメイドの子がいた。彼女はハリルの手配で来てくれていたのだ。

「グレタ。巻き込んでごめんね」

「いいえ。ラティーファ様とカルロ様にはご恩があります。国境までですが、お世話をさせて下さい」

「ありがとう」

私はハリルの顔を目に焼き付け王宮を出た。カルロは不安に瞳を揺らしているが、弱音は言わなかった。私は馬車の中で昨夜視た、これから起こる未来視を思い出していた。ハリルは神殿の質素な自室で多くの神官たちに静かに看取られていた。その顔は穏やかで笑っているように見えた。彼は苦しまずに逝った。私はそれを知っている。側で看取ることはできないがそれで十分じゃないか。それなのに涙が溢れて来た。私は頰に滑り落ちた涙をカルロに見つからないようにそっと拭った。

（ハリル。先に逝って待っていて。そして私たちを見守ってね）

数日かけて馬車で移動する。中央の騒ぎは地方まで届いていないので平穏な旅となった。ハリルは用意周到に王を交代させた。公には王は病死とされクーデターがあったことを民衆は知らない。この国はきっとよくなる。だってハリルがその命と引き換えに尽くすのだから。移動しながら耳にする王のための挽歌には、民の喜びが滲んでいた。

国から国へ移動し生国から離れながらもギルドなどで情報を得ていた。国を出てからしばらくして神官長が亡くなったと聞いた。民に慕われ盛大に弔われたそうだ。私は静かに空に向かって目を閉じると黙祷を捧げた。

国を出てから二年経った。旅は順調だ。だって未来視の通りに進めばいいのだから、危険は容易に回避できる。私たち以上に安全な旅をしている人はいない。カルロには当てのない旅だと伝えた。それでも何かを感じているようだが、私は未来視の力のことを教えていない。未来は自分の手で紡ぐもの。誰かに教えられて進むものではない。私は知ることで苦しんできた。カルロにはそんな思いをさせたくない。

ずっと宮の中で閉じ込められて生活をしていたカルロには、突然の異国の旅暮らしは刺激的らしく毎日驚いて、はしゃいでいた。私だって孤児院、神殿そして王宮の離れでの寂れた暮らししか知らなかったので驚きの連続だ。知らない草木、不思議な動物、他国の文化、珍しい民族衣装、わくわくして二人で笑って過ごした。思いがけずに得られた幸せな日々を私は満喫した。それでも時々思う。もしここにハリルがいてくれたらと……。

（ハリル……。きっと、遠くないうちに私もそこに行くわ。でも、もう少しだけ……時間を頂戴）

最近私は体の不調に気付いていた。自分で薬草を作り飲むが効果は望めない。長くは生きられないのだ。だからこの子を一刻も早く信頼できる人に託さなければならない。でも焦りはない。だって私は知っている。どうやってカルロを託せる人に出会えるのかを未来視で視たから。

旅の間はカルロと手を繋いで歩いていた。年頃の男の子なら嫌がりそうだがカルロは拒まない。母として嬉しいがそれもじきに出来なくなる。

とうとう海の見える国に着いた。あれほどハリルと一緒に見たいと願っていた海。

（青く輝いて……とても綺麗ね）

ハリルはいないが隣にはカルロがいる。私は願いを叶えた。十分幸せだ。

空と海が青く、鳥が羽ばたいている。潮風に当たり波の音を聞く。

私は海の見える宿を定宿とした。そしてその時をそっと待つ。体は衰弱し段々と起き上がれなくなる。カルロは不安そうに私の側から離れない。ただ静かに二人だけの時間が流れていく。

この子はまだ十二歳になったばかり。もっと一緒にいたかった。カルロの恋の話を聞いて結婚式に参列して、孫を抱いて可愛がりたかった。本当は……私はまだ生きていたい。それなのに自分の見た未来視を疑うこともできず、自分の死を受け入れている。カルロが頻繁に眠っている私の顔を窺っている。そのまま目を覚まさないのかもと心配しているのだ。すでにカルロにお金のことは話してある。ハリルがくれた真珠は十分残っている。自分で換金して使うように教えてある。あとは私の死を乗り越え強く生きて欲しいと願うばかりだ。

窓の外を見れば澄んだ青空が広がる。カモメが翼を広げ羽ばたいている。漁師たちの景気のいい声が聞こえる。この景色に見覚えがあった……。

明日、ドマニという傭兵に食堂で会える。彼は妹の病を治す薬を探してこの国に来ている。彼の国では珍しい病気だがこの国ではさほどではない。でも調合できる薬師が少なく貴重な薬だ。この街から南へ二つ行った村にその薬を作っている薬師がいる。それを教えれば彼はカルロを助けてくれる存在になる。あの子は強い子だ。きっとやっていける。

翌日私はカルロと一緒に食堂に行った。魚を使った郷土料理が美味しくてお気に入りの定食だが、あまり食べられなかった。

「ああ、彼だ」

ドマニだと一目で分かった。大きな体に鋭い目、油断を見せないピリピリとした空気を纏う。私は彼に話しかけ取引を申し出た。妹さんの薬を手に入れられる場所を教える代わりに、カルロを託す。普通の人間なら応じない取引だが、彼は情に厚いのでこの子を見捨てたりしないと知っている。私の顔色を見て言葉の意味を理解したようだ。誰が見ても死が近いと分かる。

そしてカルロと宿に戻った。ドマニが戻るまで私は生きていられないかもしれない。カルロにたった一人で私を看取らせたくない……。ドマニが来ることは分かっているが、それがいつなのかまでは視えなかった。眠っている時間が長くなってきた。ふと目を覚ますと窓から夕陽が差し込んできた。空が真っ赤に染まっている。風でカーテンが揺れ銀色の月が赤い空から顔を覗かせている。

「ハリル。カルロを……守って。もうじきそこに行くから……」

「母さん？」

不安げなカルロの私を呼ぶ声が、どこか遠くに聞こえる。

目を瞑ると未来が視える。自分が死ぬ瞬間だ。ハリルからもらったペンダントを握ると真っ白な石が漆黒に染まる。まるで私の力と命を吸い取るように。ああ、それで黒い石になったのか。急に場面が変わる。カルロが刺され血を流し倒れている。これを見るのは二度目だ。分かっていても辛い。でもすぐ時間が戻ると知っている。すると景色がものすごい速さで流れカルロが十八歳まで時間が戻った。このあと護衛の仕事中に怪我をする。背中から大量に出血している。手当てをしてあげたいのに、私は視ていることしかできない。傷は深くないのに、カルロはなかなか目を覚まさない。私はカルロに声をかけた。どうか届いて欲しい。

『早く起きて、カルロ。私の愛しい息子。さあ、起きなさい。そして自分の力で今度こそ幸せを掴み取りなさい。あなたは運命を変えることができるかけがえのない存在なのだから』

するとゆっくりとカルロの瞳が開いた。ああ、よかった。あなたはこれから恋をして幸せを手に入れる。

安堵したところで再び時間が激しく流れていく。その勢いのすごさに逆らわず身を委ねる。私は次の未来視を待った。


「父さん、母さん、会いに来たよ」

今のカルロよりももっと低い、ハリルによく似た声が聞こえた。目を開くともっと先の未来が視えた。

緑豊かな丘の上に立派なお墓が見える。その側に名の刻まれていない墓石があった。「愛する両親が眠る」と刻まれている。ああ、これは私とハリルのお墓だ。そこに精悍で凛々しい男性が立っている。成長したカルロだ。髪と瞳の色以外はハリルにそっくりだけど、カルロはもっと逞しく野性味がある。ほら、思った通り素敵な男性になったわ。隣にはカルロが恋をしたあの時の少女が、美しい女性に成長して寄り添っている。カルロの腕の中には女性にそっくりの可愛らしい女の子がいる。カルロは今度こそ幸せを手に入れた。大丈夫。私の息子の未来は素晴らしいものになる。私はそれを今、知ることができた。

(ふふふ。ハリルに素敵なお土産ができたわ。私は大嫌いだった自分の未来視の力を、今初めて神様からのギフトだと感謝することができる)


『カルロ。どうか幸せに。愛しているわ』

私は最後に息子の幸せを見届けた。これで安心して逝ける。

手を強く握られ目を開く。今にも溢れ出しそうなほど目に涙をためた、十二歳のカルロが目の前にいた。死ぬ前に伝えなければならないことがある。私は声を振り絞った。

「カルロ。私が死んだら、私のペンダントをお守りに持っていて。絶対になくしては駄目よ。いつか……あなたの願いを叶えてくれるものだから……。あなたは絶対に幸せになれるのよ。だからお母さんは安心して逝ける……」

カルロは声を震わせ涙を零した。抱きしめて慰めたいのにそれも、もうできない。

「死ぬなんて言わないで。俺をおいていくなよ」

「ごめ……ん……ね。あいしてる……」

私はカルロと繋いでいる手の反対の手でペンダントの白い石を握りしめた。

（どうかこの子を守って。私の命と力を引き換えに奇跡を起こして）

私は目を閉じた。もう声は出ない。最期の力を振り絞って、強く強くペンダントに願いを込めた。カルロ。泣かないで。愛しているわ。あなたの母親になれてよかった。あなたがいてくれたから私は幸せだったの。

「かっ……かあさん……」

（カルロ。泣かないで）

「うっうっ…………」

「遅くなった」

ドマニの声が聞こえる。

（本当よ。遅いじゃないの。待っていたのに間に合わなかったわ）

「ラティーファ。お前は約束を果たした。だから俺も約束を果たす。カルロのことは任せておけ」

（その言葉を忘れないで。どうかカルロをお願い）

「うっ……。かあさん！　かあさん！」

（カルロ、これからはハリルと一緒にあなたを見守っているわ。幸せになって）

段々と私の世界から音が消え静寂に包まれる。そして視界は漆黒に染まっていった。もう何も見えない。でもすぐに銀色に輝く丸い月が暗闇を照らし出す。銀色の光が私の足元に届き行き先を示してくれる。私はそこに向かって駆け出し精一杯両手を伸ばした。すると光が私の体を優しく包み込む。体が軽い。全身が温かくなりうっとりと目を閉じた。それはまるでハリルに抱きしめられているように感じた。あまりの心地さに思わず微笑んだ。

そして目を開く。そこには…………。


——ラティーファ。迎えに来たよ——

——ハリル、ずっとあなたに会いたかったの——

番外編　若奥様のささやかな牽制（ロゼリア）

今日は気持ちのいい晴天だ。モンタニーニ公爵家当主代理として仕事をしているロゼリアの執務室の窓からは、眩しいほどの太陽の光が差し込んでいる。

ロゼリアの執務机の正面には夫カルロの執務机が置かれてある。現在、カルロはそこに座って仕事をしている。もちろん彼自身の執務室もあるが、今はロゼリアの補佐をしながら学んでいる最中なので一緒にいる。

カルロが僅かに動き漆黒の髪が額の前でさらりと揺れた。カルロの目線は手元の書類に集中している。ロゼリアはその姿を眺め心の中でうっとりとため息をついた。彼の髪の色はこの国では珍しい色。

（カルロの黒髪。いつ見ても綺麗……）

ロゼリアとカルロが結婚式を挙げて半年が経った。お父様は領地での仕事に専念している。マッフェオおじさまが新しい薬草の栽培に成功したのがきっかけだ。既存の薬草と合わせて調合することで効果が高くなることが分かった。その薬草の生産を軌道に乗せると意気込んでいる。だからロゼリアとカルロで王都の仕事を担っている。

公爵家の仕事は膨大かつ複雑だ。それなのにカルロは呑み込みが早くあっという間に覚えてしまった。もちろんまだほんの一部ではあるがそれでもずっと努力してきたロゼリアを抜いてしまいそうだ。ほんの少しだけ嫉妬もしたけれど、それ以上にすごい人なんだなあと感心してしまった。もちろん彼がそれだけ努力している成果なのだから賞賛すべきことである。

そして見た目の美麗さは、日々磨きがかかっていると思う。絶対に妻の贔屓目だけではないはずだ。カルロ自身は自分が格好いいと自覚していない。むしろ黒色の髪と瞳ということで自分は劣っていると感じている。過去そして現在にカルロにそんな風に思わせるような発言をした人間に対してロゼリアは怒っている。だからいつかそれを払拭させてみせると密かに心に誓っていた。

実はカルロは結婚式のあとから髪を伸ばし始めた。きっかけはロゼリアの何気ない一言だった。

「カルロは髪を伸ばさないの？」

ふと思いついて聞いてみた。

ロゼリアはカルロの漆黒の髪が大好きで、艶々と光に反射するのを見ると思わず手で撫でてしまう。絹のような手触りで気持ちよい。カルロはその度に目を細め口元を綻ばせているので嫌がっていないと判断し、繰り返すうちに癖になってしまった。でもこれは妻の特権だと勝手に許してもらっている。

カルロは短髪でも野性味があり精悍で素敵だけれど、もし長かったらそれはそれで違う魅力があると思う。

この国では男女問わず貴族は髪を伸ばしている人が多い。特に女性は長く美しいほど誉めそやされる。まあ、豊かさの象徴的なものだ。といっても長くなくてはならないという決まりはないので、モンタニーニ公爵家の婿になったからといってカルロが髪を伸ばす必要はない。ただ単にロゼリアが見てみたいというだけなのだ。

　カルロは首を僅かに傾げた。

「護衛の仕事をしている時は鬱陶しくて短くしていたが、特にこだわりがあったわけではないな。ロゼリアは長い方が好みか？」

「そういうわけではないの。ただ伸ばしたら素敵かなと思って」

「う〜ん。ロゼリアの希望なら少し伸ばしてみるか……」

　漆黒の髪をくしゃりとかき混ぜながらそう言ってくれた。カルロはロゼリアの希望を何でも叶えようとしてくれる。

「本当⁉」

　ロゼリアは嬉しくなり早速カルロの髪の手入れ用のオイルなどを、スザナに用意するよう伝えた。

　カルロの前髪が長くなると野性味が薄れ気品が滲み出す。後ろの髪が襟足を覆う長さになると色っぽいというか……見慣れていてもドキリとする。ちなみに後ろの髪を結わくと黒ツグミのしっぽのようで可愛いと心の中でほっこり思っている。

（私の旦那様、すごくすごく……素敵！　格好いい！　カルロと結婚できて本当に幸せだわ）

　後ろの髪がもっと長くなったら、神々しくなってしまうかもとちょっと楽しみにしていたら、カルロは手入れが面倒だとこぼした。

「実父は銀色の髪だったが腰まで伸ばしていたな。理由は知らないが神官という立場の威厳を表わしていたのかもしれない。俺はあそこまで伸ばすのはちょっと無理だ。ロゼリアには悪いがこの辺が限界だと思う」

カルロは少し申し訳なさそうな表情を浮かべた。ロゼリアは強要するつもりはないので首を横に振った。

「もちろん嫌なら伸ばさなくていいのよ」

「このくらいならいいさ」

きっと伸ばした方がロゼリアの反応がいいことに気付いているからそう言ってくれたのだろう。

「ところでカルロはお義父様似？」

「そうだと思う。目元がよく似ていると感じたな」

カルロは生い立ちが複雑だ。お義父様と会ったのは二度だけだと聞いている。小さな時に一度、そして国を出る時に見たのが最後だそうだが印象に残っているようだ。カルロに似ているのなら綺麗な人だったに違いない。

ロゼリアはちょっと想像してみた。カルロの顔で銀色の長髪……。すごい美人だわ！　お義父様と会ってみたかったな。でも銀色の髪は黒髪同様この国では見ない色だ。どっちの色でもきっとカルロは苦労したはずだ。ロゼリアにとってはどっちの色でも格好いいことに変わりないと言い切れるが。

ロゼリアはそんなことを考えながらカルロの顔をじっと眺めて大きく頷く。

（やっぱりカルロは髪も瞳も漆黒がいいわ！）

そんな風に浮かれていたが、思わぬ落とし穴があった。

モンタニーニ公爵家では王都の騎士団に薬を定期的に納品している。結婚前まではロゼリアが行っていたが、結婚後はカルロが行くことになった。

「ロゼリアにはあんな男くさいところに行って欲しくない。密かに君に憧れている男もいるのだぞ。もし声をかける男がいたら俺は決闘を申し込むだろう」

カルロが鋭く目を細め低い声で呟いた。決闘とは不穏すぎる。どう返事をするべきか……。

ロゼリアに憧れる男性なんているはずがない。自分は美人ではないのだ。ロゼリアを可愛い、綺麗だと絶賛するのはカルロだけだと思う。だから夫の言葉に困惑はしたが焼きもちを焼いてくれていると思うと嬉しくなり、それならばと納品の仕事をカルロに引き継いだ。

ある納品日にカルロが他の仕事で行けなくなり代わりにロゼリアが行った。騎士団の物品用の納品受付でロゼリアを出迎えたのは、薄化粧をしたスラリと背の高い綺麗な女性騎士だった。その女性騎士はロゼリアの姿を見ると明らかにガッカリしていた。しかもため息まで……。

（えっ？　なんでそんなに肩を落とすの？　私が来たから？）

どうやらカルロが来るのを期待していたようだ。ロゼリアは引きつりそうな顔を何とか取り繕い笑顔を浮かべた。これは仕事なので自分の気持ちを態度には出すつもりはない。もちろん妻として余裕を見せたいという意地もあった。ロゼリアは速やかに納品を済ませ帰ろうとしたが女性騎士に呼び止められた。

「あの……次回の納品はどなたが来ますか？　もしかしてロゼリア様ですか？　でも担当はカルロ様……ですよね？」

声にはカルロが来ることを期待している含みがあるように感じた。

「仕事の兼ね合いがありますので分かりかねますわ」

その質問に一瞬ムッとしたがすぐにニコリと返事をする。本当はカルロが来る予定だが彼女の反応を見るとそれを教えたくなかった。何なら今度からロゼリアが来ようかと考えている。でもきっとカルロは反対する。どうしようかな……。

「そうですか……」

女性騎士の肩を落とす姿にイラッとした。カルロの妻の前でその態度は失礼ではないか。ロゼリアを侮っているとしか思えない。もしかして奪えるとでも思っているのかも。でもロゼリアは夫を誰にも渡す気はさらさらない！　心の中は暴風がビューービューーと吹いている。

（カルロは私の旦那様なのに。モヤモヤする！）

騎士団ではもともと黒色の髪や瞳という理由でカルロを蔑ろにする人間は少なかったと聞いている。実力主義だからだ。それは素直によかったと安堵していたが、女性騎士にモテていることまでは考えていなかった。ロゼリアが納品していた時の受け取り担当者は男性騎士だったのにいつ代わったのか？　まさかカルロが来ることになって女性騎士が担当を志願したのでは？　疑い出すときりがない。

（私ったら油断していたわ！）

ロゼリアとカルロは結婚している。だから既婚者であるカルロに懸想する女性が現れることまで考えが及ばなかった。結婚して浮かれていたとはいえ、ロゼリアの倫理観では想像できないことだった。

カルロは騎士としての能力が高い。女性騎士が憧れるのも当然だ。ロゼリアは帰りの馬車の中で自分の迂闊さに頭を抱えた。

帰宅するなりスザナに今日の出来事の不満を訴えた。もちろんカルロには言えない。

「カルロは私と結婚しているのに色目を使うなんて酷い。絶対に渡さないわ！」

実際に色目を使っているところを見たわけではないが、ロゼリアは確信している。

スザナはくすくすと笑っている。笑い事ではないのに！

「旦那様は奥様一筋です。どれほどの美女に言い寄られてもニコリともしないと思いますよ？　でも最近は社交界でも人気だと聞きますからその心配も分かりますわ」

「えっ？　社交界で人気？」

結婚したのでスザナたち使用人はロゼリアを奥様、カルロを旦那様、お父様を大旦那様と呼ぶようになった。

そんな話は知らないと目をまん丸にしているとスザナが呆れ顔で肩を竦めた。

「旦那様はもともと先の戦を終戦に導いた英雄としても名高いですし、高嶺の花のモンタニーニ公爵家の娘を射止めたとの評価が高いのです。それに人のものになると欲しがるような女性もいますからね。奥様は恋の話に疎いから気付いていなかったのですねぇ。でももっと情報に気を配った方がいいですよ？」

「え……」

スザナは苦笑いを浮かべている。ロゼリアは仕事の情報はこまめに集めているが、世間の噂については疎かにしている自覚はある。これは反省しなければ。だが自分が高嶺の花というのはスザナが気を遣ってくれた言葉だろう。今まで聞いたことがないのだから。それよりも人のものになったら欲しくなるという考えに納得いかない。

以前、社交界の女性たちはカルロの漆黒の髪を忌避していた。カルロを見ればあからさまに顔を顰めていた。それなのに掌を返すなんて馬鹿にしている。カルロに失礼だ。すごく悔しい。

「旦那様が髪を伸ばされてから特に注目されるようになったみたいですね」

（カルロが髪を伸ばしたから？　それなら髪を伸ばすよう勧めた私の責任だわ！）

だからといって今更女性除けのために髪を切って欲しいとは言えない。それはカルロを信じていないと思われそうだし、何よりロゼリアはカルロの今の髪型がすごく気に入っている。もちろん短くても素敵だけれども！

「もう！　どうして教えてくれなかったの？」

「教えても不安になるだけでしょう？　それに旦那様は奥様を深く愛されていますし、余計なことは言わない方がいいと使用人みんなで話し合いました」

自分の知らないところでそんな話し合いがされていたなんて……。

「スザナ！　私、明日は買い物に行くわ！」

ロゼリアは拳を握り決意を込めて宣言した。あることを思いついて翌日の予定を変更することにした。

翌日、ロゼリアは急ぎの仕事だけを片付けるとスザナと一緒に外出した。ある物を買うためである。カルロは仕事で一日不在なので商人を屋敷に呼んでもいいのだが、何軒かお店を回り吟味したかった。自分の目で見て納得した物を買いたい。結局、五軒ほど回って満足できる目的の物を手に入れることができた。

夜、夫婦の部屋で緊張しながらカルロに話しかけた。まずは仕事の話からだ。

「カルロ。お疲れ様。薬の在庫はまだ大丈夫そうだった？」

カルロは今日一日、貴族お抱えの医師への薬の納品に回っていた。これは使用人に頼むこともできるが、直接やり取りをして相手の人となりを知りたいとカルロ自身で行っている。その甲斐があって医師たちと順調に信頼関係を築いている。

「ああ、大丈夫だ。ロゼリアの方は？」

「えっ？　あ、私の方も問題なかったわ」

今日は仕事もそこそこに外出していたがそれは黙っていよう。

「そうか。それはよかった」

ここからどう話を切り出そうか……。悩んだ末にロゼリアは単刀直入に伝えることにした。

「カルロ。これを受け取って欲しいの！」

ロゼリアは紺色のベルベットのケースを差し出した。今日買ってきた物だ。それを見てカルロは目をぱちくりしている。

「これは……俺へのプレゼントか？　今日は特に記念日ではなかったよな？」

形のいい眉を寄せ思案している。どうやら大切な記念日を忘れていたのではと困惑している。

彼はロゼリアに贈り物を欠かさない。記念日も大切にしてくれているので、自分が何の用意もなく不手際があったと案じている。それを否定するために慌てて説明した。

「違うわ。特に何かの日とかではなくて、これをあなたに身に着けて欲しくて用意したの。開けてみて？」

カルロは不思議そうな顔をしながらケースを手に取り開ける。

「これは……綺麗なエメラルドグリーンだな。ロゼリアの瞳そのものじゃないか！　ロゼリアが選んでくれたのか？」

「そうよ。できればお仕事で外出する時はこれを着けて欲しくて」

ベルベットケースの中はカフスボタンだ。もちろんロゼリアの瞳の色のエメラルドグリーン。これはロゼリアの存在をアピールするために選んだ。スザナには「アピールが地味すぎる！」と呆れられたが……これが自分にできる精一杯だ。

カルロは目を柔らかく細めるとそれを手に取りじっと眺めていた。

「ありがとう。嬉しいよ。早速明日から着けていこう」

嬉しそうな笑みを浮かべ手首に当てている。

「ぜひそうして！　気に入ってもらえてよかったわ」

そう言いつつもさすがに自分の瞳の色なんて独占欲丸出しだったかもしれない。なんだか耳が熱い。でもカルロが喜んでくれているから間違ってはいないはずだ。

翌朝、カルロはロゼリアの贈ったカフスボタンを着けてくれていた。

「似合うか？」

「ええ、とても似合っているわ」

ロゼリアは臆面もなく言い切った。たぶんカルロは何を着けても似合うけれど、エメラルドグリーンは特に似合っていると思う。自惚れじゃなく……気のせいでもないと思う。ほぼ願望だが……。

「じゃあ、行ってくる」

漆黒の髪をさらりと揺らしカルロが馬車に乗り込んだ。

「いってらっしゃい。気を付けてね」

ロゼリアは満たされた気持ちで笑顔で馬車を見送った。

数日後――。

「ねえ。スザナ。あのカフスボタン、ちゃんと牽制になっているのかしら？」

時間が経つにつれ地味すぎるアピールだったと不安になってきた。スザナに聞けば大きく頷いた。出来る侍女はロゼリアの心配事の情報は先回りして集めてくれているのだ。

「ええ。それはもうご安心を！　旦那様が出会う人に自ら妻からの贈り物だと自慢しているそうです。（聞かれてもいないのに）騎士団でもその話で持ち切りのようですよ。そうそう。最近納品担当者も元の男性騎士に戻ったと聞きました。ちゃんと効果は出ているのでご安心下さい！」

「そう、よかったわ」

女性騎士との接触がなくなったと聞いて心の底から安堵した。でもカルロが行く先々で自慢していると聞いて恥ずかしくなった。そういえば社交で出会う人たちから最近生温い目で見られている気がする。

でも、カルロを誘惑しようとする女性を撃退するのが目的なのだから、恥ずかしいなんて言っていられない。きっとやりすぎぐらいがちょうどいいのだ。ロゼリアは自分の行動は間違っていなかった！　とその成果に満足して頷いた。

そして決めたことがある。カルロの後ろ髪をこれ以上伸ばすのは止めさせる。我ながら勝手だとは思うが、カルロもこのあたりが限界だと言っていた。これ以上素敵になってしまったら彼に思いを寄せる女性が増え撃退できなくなるかもしれない。万が一、素敵な女性に色目を使われてカルロがくらりと心を揺らすことになったらものすごく困る。

スザナの「旦那様の愛は重いから……あれは意図的に自慢しているんですよねぇ……」という呟きはロゼリアには聞こえていなかった。

ちなみに騎士団の納品担当者については、カルロが行くようになってから女性騎士複数名が志願して交代で担当していた。スザナは知っていたが敢えて黙っていた。妻しか眼中にないカルロが女性騎士に靡《なび》くはずがないと知っていたからだ。でもロゼリアが知ってしまい心配しているので、出来る侍女はロゼリアに対する女性騎士の態度をこっそりカルロに伝えた。カルロは「そうか。教えてくれてありがとう」と口元に笑みを浮かべたが目はぞっとするほど冷たかった。漆黒の瞳が不穏なものを滲ませている。自分に向けられたものではなくてもスザナは恐怖に足が震えた。

翌日には騎士団の納品担当者が前回担当していた男性騎士に戻った。カルロにとっては担当者が男性でも女性でも興味がなかった。カルロは女性騎士に話しかけられても冷たい対応しかしない。女性騎士たちはそのクールさがいい！　と接触を増やそうとしていたが結果的に無駄に終わった。それにしてもロゼリアの不安を知ったあとの旦那様の行動は早かった……。

スザナはロゼリアの専属侍女として、主の憂いを晴らすための仕事を日々遂行するのである。

番外編　幸せな白いガーデン(ロゼリア)

ロゼリアの部屋からは白薔薇の咲く大きな花壇が見える。あるきっかけで花壇を造ってもらってから眺めるのが日課になった。

ロゼリアは今日の分の仕事を終えると庭に出た。今は部屋からではなく庭で白薔薇を愛でていたい気分だった。ロゼリア専用の花壇の目の前にある椅子に座り白薔薇をぼんやりと眺める。

花壇の白薔薇は美しい花びらを広げ優雅に風に揺れている。爽やかな甘い香りが漂っている。

ロゼリアは白薔薇を見るだけで幸せな気持ちになれる。愛する夫が自分を想い贈ってくれた大切な花だ。だから疲れも吹き飛んで元気になれる。実はこの花壇は結婚前にはなかったのだが、とある理由で庭師が張り切って造ってくれた。

その理由は――――。

結婚してしばらく経った頃、スザナを含めた使用人一同に頭を下げられた。

「奥様。お願いです！　白薔薇以外の色鮮やかな花も屋敷に飾らせて下さい！　それに花屋さんもきっと白薔薇がいつも売り切れになって困っていると思います！」

ロゼリアはカルロと目を見合わせた。

「…………………」

「…………………」

微妙に反論の言葉が出なかった。

婚約してから、そして結婚後もカルロはロゼリアに白薔薇を贈ってくれる。それを毎日幸せな気持ちで受け取っていた。屋敷中が白薔薇で溢れかえっている。それをロゼリアは当たり前のように受け入れていたので気にならなかったが、言われてみれば屋敷には他の花がなかった。白薔薇が多すぎて飾る場所がない……。全ての花瓶に白薔薇が飾られている。確かに花屋さんも売れるのは嬉しいとは思うが、調達が大変だったかもしれない。他のお客さんの分の白薔薇まで奪っていた可能性もある。これは浮かれていないで反省しなければ。

カルロは頭をかきながらみんなにすまないと謝って、白薔薇は特別な日にだけ贈るということになった。

翌日から屋敷には季節を感じさせる色鮮やかな花々が飾られるようになった。スザナはこうなることを見越して準備をしていたのだろう。なんとも用意周到だ。確かに屋敷の中が華やかになっていいと思う。

（でも、でも………）

ロゼリアは納得していたが心情的にはなんだか寂しい。その姿がよほどガッカリしているように見えたらしく、お父様が庭師ハンスに白薔薇だけの花壇を作るように頼んでくれた。ロゼリアの部屋の前に造ればいつでも見ることができる。そして出来上がった花壇に胸がいっぱいになった。

（嬉しい。嬉しい！）

「お父様。ハンス。ありがとう！」

これで屋敷の中に白薔薇が飾られていなくても、花壇を見れば白薔薇がある。たとえカルロが不在でもここに来れば彼が側にいるような気持ちになれる。

長く我が家に仕えてくれている老齢のハンスはロゼリアにとっておじいちゃん的な存在だ。

昔からロゼリアを喜ばせるために美しく庭を整えてくれた。そして今回もロゼリアの気持ちを汲んで毎日丁寧に白薔薇の手入れをしてくれる。さらに温室を造って一年中白薔薇を育てられるようにしようという話も出ている。新たに温室まで作るとなると規模が大きくなりすぎて戸惑うが、内心喜びの方が大きいかも……。

花壇で薔薇を眺めるロゼリアにハンスは花壇の白薔薇を切って花瓶に活けましょうと言ってくれたが敢えてそれを断った。花壇の白薔薇は切らずに庭で楽しむことにしている。カルロが贈ってくれたものだけを部屋に飾りたいという、謎のルールがロゼリアにはあるのだ。そのための専用の花瓶も確保してある。白薔薇を引き立てるデザインの特注品の花瓶だ。

（私って、どれだけカルロが好きなのかしら？）

我に返るとしみじみそう思う。一緒にいればいるほど好きになる。その気持ちは更新し続けて終わることはないと思う。

ちなみにカルロは昨日から他領にあるモンタニーニ公爵家直営の薬屋に納品に行っている。帰りは深夜になるだろう。そう思うと寂しくなり花壇に来てしまった。

（たった一日会えないだけなのに寂しいなんて、私ってこんなに寂しがり屋だったかしら？）

夕食をお父様と摂り湯浴みを終えたが、カルロはまだ帰宅していない。残念に思いながらロゼリアは先に休むことにした。ベッドがやけに広く感じてなかなか寝付けなかったが、寝返りを繰り返すうちにいつの間にか眠っていた。

朝、目が覚めると爽やかな甘い香りがする。ゆっくりと目を開く。ロゼリアの好きな白薔薇の香りだ。テーブルに視線を向けると花瓶に白薔薇が活けてある。特に記念日ではないけれどカルロが買ってきたようだ。ロゼリアが寂しそうに花の飾られていない花瓶を見ることに気付いたのかもしれない。きっとスザナたちは苦笑いをしながら「ほどほどでお願いしますね」と言って許してくれるだろう。

隣にはカルロが眠っている。いつ帰ってきたのか全然気付かなかった。

カルロの寝顔は少し幼く見える。

（可愛いわ。ふふふ）

カルロはいつもロゼリアより早く起きて鍛錬をしているので、ロゼリアが彼の寝顔を見られる機会は少ない。『白薔薇とカルロの寝顔』、今日は朝から二重のご褒美をもらった感じがする。せっかくなのでカルロの顔をここぞとばかりにじっくり観察する。眠っているから見たい放題だ。起きている時は恥ずかしいのでチャンスである。カルロの漆黒の睫毛は長い。もうこれだけでうっとりしてしまう。

（肌も綺麗なのよねえ。切れ長の瞳、それに鼻も唇も……やっぱりカルロは格好いいなあ）

うっとりと眺めているうちになんとなくイタズラがしたくなって、カルロの頬にそっと口付けをした。すると漆黒の瞳がぱちりと開いた。カルロがくすりと笑う。

「まあ！　起きていたの？」

「ロゼリアに見つめられていると思うと、嬉しくて寝たふりをしていた」

カルロはイタズラっぽい目をして肩を揺らし笑っている。

「もう！」

じっくり見ていたことを知られていたなんて。ロゼリアは照れ隠しで頬を膨らませプイッとそっぽを向いた。すると視界に花瓶に活けられた美しい白薔薇が映る。途端に頬が緩んでしまった。気を取り直して小さな声でお礼を伝える。

「お花……ありがとう」

「どういたしまして」

カルロがロゼリアの頬にそっと口付けた。自分を見つめる漆黒の瞳は甘く溶けている。そのまま彼の大きな手はロゼリアの髪を優しく梳いた。

朝から甘い雰囲気にロゼリアの心は薄桃色に染まる。


このあと、モンタニーニ公爵邸には大きな白薔薇の温室が造られ、さらには白薔薇の花壇の面積も増えていく。その結果、モンタニーニ公爵邸は通称『白薔薇邸』と呼ばれるようになる。白薔薇は若い夫婦の仲睦まじさの象徴となるのだ――。

本書に対するご意見、ご感想をお寄せください。

あて先

〒162-8540 東京都新宿区東五軒町3-28
双葉社　Mノベルスｆ編集部
「四折柊先生」係／「史歩先生」係
もしくは monster@futabasha.co.jp まで

Mノベルス

愛さないといわれましても
元魔王の伯爵令嬢は生真面目軍人に餌付けをされて幸せになる
豆田麦
ill. 花染なぎさ
「君を愛することはないだろう」政略結婚の初夜。夫から突然『愛さない宣言』をされてしまい、焦るアビゲイル。それって……ごはんはいただけないということですか!? 家族にずっと虐げられてきた前世魔王の伯爵令嬢が、夫の生真面目軍人に餌付けをされて幸せになる、新感覚餌付けラブストーリー！

発行・株式会社　双葉社

ノベルス

夫《おっと》に殺《ころ》されたはずなのに、二度目《にどめ》の人生《じんせい》がはじまりました

2024年7月13日　第1刷発行

著　者　四折 柊《しおりしゆう》

発行者　島野浩二

発行所　株式会社双葉社

〒162-8540　東京都新宿区東五軒町3番28号
［電話］03-5261-4818（営業）　03-5261-4851（編集）
http://www.futabasha.co.jp/（双葉社の書籍・コミック・ムックが買えます）

印刷・製本所　三晃印刷株式会社

［電話］03-5261-4822（製作部）
ISBN 978-4-575-24751-0 C0093